いい加減な夜食 1

秋川滝美 Takimi Akikawa

アルファポリス文庫

JN168837

http://www.alphapolis.co.jp/

目次

いい加減な夜食

第一章　都合のいい仕事

宮野基《みやのもとい》が、主《あるじ》である原島俊紀《はらしまとしき》から電話を受けたのは、午後五時のことだった。

「今から帰る。今日は谷本《たにもと》は？」

「俊紀様がご出張でしたので、出勤予定になっておりません」

「呼んでおけ」

「確か、今夜はコンパがあると……」

「コンパだと？　場所は？」

「聞いておりませんが、おおよそは……」

「特定して迎えを出せ」

「コンパから呼び戻すのですか？　それはちょっと……」

「うるさい。とっとと捜し出せ！」

「かしこまりました」

珍しく感情的な主の声に薄く笑うと、宮野は静かに電話を切った。

「またですか?」

「申し訳ございません。俊紀様がどうしてもと……」

「……お断りすることは……?」

「お勧めいたしません」

「……でしょうね。わかりました」

「すぐに迎えの車が着くと思います」

宮野から電話を受けたとき、谷本佳乃《よしの》は渋谷のカフェバーにいた。ゼミの友人に引っ張り出されたコンパだったが、退屈でうんざりしていた。軽いノリの友人たちに、もっと軽いノリの男たち。確かに今風の学生コンパであったが、佳乃にしてみれば、あまりに得る物が少なかった。

だからといって、いきなり電話で今すぐ来いと言われても困る。どうしてあの男はいつもいつも、人がコンパだの飲み会だのの予定を入れているときに限って、狙い澄ましたように予定を変更して帰ってくるのだろう……。しかも、こっちの意見なんて聞く耳持たずで迎えを出してくるし……

佳乃が初めて原島邸に行ったのは大学三年の夏休み、ハウスクリーニングのアルバイトでだった。

原島邸はいかにも旧家らしい大きな屋敷だが、当主の原島俊紀の方針で、使用人は最低限の人数しかおらず、大がかりな掃除の際は契約しているハウスクリーニング会社から人が派遣される。

佳乃は原島邸の担当ではなかったが、担当社員の病欠で急遽《きゅうきょ》呼び出され、厨房《ちゅうぼう》のワックスがけをすることになった。

もちろん場所が場所だけに、夕食の片付けが終わった深夜の作業。日付が替わる頃、ポリッシャーで厨房の床を磨いていたところに現れたのが、使用人頭の宮野基だった。

†

「おや……掃除中でしたね」

この人なら知っている。作業を始める前に、立ち入り禁止区域などについて、細かい指示を出してくれた人である。

年の頃は七十前後、先代の原島孝史《たかし》氏が現役の頃からこの家に仕えているらしく、原島邸のすべてをこの男が把握していると聞いた。

「どうかしましたか？」

ポリッシャーを止めて佳乃が尋ねると、宮野は少し困ったように言った。

「先ほど急に俊紀様がお帰りになって、少々空腹だとおっしゃるので……」

なるほど……厨房を使いたいというわけか……

「まだ下磨きの段階ですのでかまいませんよ。ワックスは後にしますから」

「とはいっても、今夜はもう料理人も帰してしまいましたし、トーストぐらいしかできないので、たいして時間はかかりません」

夜食にトーストというのはいかがなものか……でもまあ、外国人なら夜食もパンだし、所詮《しょせん》同じ人間、問題はないだろう。

などと思いながらふと見ると、宮野はそのトースト用のパンも見つけられないでいた。

「うっかりしておりました……お帰りが明日の予定だったので、使える食材がありません……」

長年勤めている使用人にしてはずいぶんな抜けっぷりであるが、厨房《ちゅうぼう》のことは担当シェフに任せきりになっているらしい。

時刻は深夜零時半。都会の一角なので、これから食材を調達するというのも無理ではないかもしれないが、時間がかかりすぎる。

その間作業の手を止められるよりは……と、佳乃は厨房をそっと見回す。こんな大きな屋敷で、食材が全く何もないということはあり得ないだろう。

「私でよければお手伝いいたしましょうか?」

持って生まれたお節介気質とでもいうべきか。しまった、余計な仕事だった、と思ったときにはそんな台詞《セリフ》を口にしていた。

自称『使用人頭』の宮野は、初見の小娘に大事な主《あるじ》の胃袋を任せてよいものかどうか、しばし悩んでいたが、背に腹は替えられなかったと見えて、無言で頭を下げた。

宮野の許可を得て、佳乃は厨房を物色した。

野菜ストックにはあらゆる野菜があったし、冷蔵庫の中にはケチャップも粉チーズもあった。日本人家庭に米がないという尋常ではない事態がこの大邸宅に起こるはずもなく、米もちゃんとあった。

でも、米から炊くのは時間がかかる……と一縷《いちる》の望みをかけ、冷凍庫をあさってみたら、きちんとパッキングされた冷凍ご飯があった。

この家のシェフは、もしかしたらおばちゃんなのでは？　とつい笑いそうになる。

これなら大丈夫。

佳乃は早速調理にかかる。

佳乃は、ものの十五分で野菜たっぷりのリゾットを作り上げた。仕上げに山ほどの粉チーズをふりかけ、待っていた宮野に持たせて厨房から追い払う。

『リゾット』と言ったのは、佳乃のちょっとしたかっこつけで、その実態はケチャップ味の野菜雑炊だ。米から炊かないリゾットなんて、イタリアのマンマが殴り込んでくる。でもまあ『リゾットでございます』なんて言いながら出すはずがないからかまわないだろう。

やれやれと、使ったケチャップや粉チーズを冷蔵庫に戻そうとした佳乃は、目に飛び込んできた賞味期限にぎくりとした。

どうしよう……五日ばかり過ぎてるぞ……

きっと、この御大層な厨房《ちゅうぼう》では、市販のケチャップとか、すでに削ってある粉チーズなどというものの登場頻度はかなり低くて、存在自体が忘れ去られていたのだろう。冷蔵庫内でも、かなり奥の方に追いやられていたし……

「まあ、大丈夫でしょ。死んだりしないはず……すぐには！」

佳乃はそう自分に言い聞かせ、後片付けをして本来の業務に戻る。

ワックスを掛け終わる頃には、白々と短い夏の夜が明け始めていた。

おそらく部屋に置き去りになっているだろう食器が少し気になりはしたが、そこまでは責任を負いかねると佳乃はそのまま屋敷を後にした。

自宅に戻ったのが午前六時。これから一寝入りして、午後からまたアルバイトの予定だ。

大学の友人たちは、夏休みはハワイだアジアだヨーロッパだと忙しそうであるが、両親不在の苦学生としては、長期休みはできる限りのアルバイトをして生活費を確保したい。

ということで、佳乃の夏休みはあまりにも忙しかった。

†

ハウスクリーニング三田《みた》に、七月の原島邸の厨房清掃を担当したスタッフをよこせ、という連絡が入ったのは、それから一ヶ月後のことだった。

原島邸はアルバイトの立ち入りを禁止しており、あの日は本来の担当社員が急病、他の社員の都合もつかず、やむなくこの仕事を始めて三年目という経験を買われた佳乃が、緊急登板となった。もちろん、アルバイトが担当したことは極秘である。

原島邸からの呼び出しに、いつもの担当者が出向いたが、一瞬にして宮野に、この方ではありませんでした、と言われてしまった。会社もしばらく言を左右にして言い抜けていたが、原島邸のあまりの執拗《しつよう》さに、とうとう叱責覚悟でアルバイトが入ったことを認めたのだった。

「契約違反の件、今回は見逃しましょう。とにかくあの日の方をお呼びください」

平身低頭で詫びた電話口で宮野にそう言われた会社は、仕方なく佳乃に連絡してきたという。

「もともとバイトではだめだって言われてたのに、なにがあっても責任は会社が持つってことで私が入ったんでしたよね？」

佳乃はそう言って、長い付き合いになっている社長の三田を恨めしげに見る。

「すまん！　何をやったか知らんが後で埋め合わせはするから、とにかく行ってくれ」

と拝み倒されては仕方がない。

会社としては、上得意の原島邸を失うわけにはいかないのだろう。

佳乃とてバイト先を会社ごと失うわけにはいかない。

かくして、もうすぐ夏休みも終わるという八月末、佳乃は原島俊紀に出会ったのである。

眼光の鋭い男だった。

上背もあり、筋肉もしっかりついている。

一六三センチの佳乃と対峙しても、頭一つ分ぐらい大きい。多分一九〇センチ近いのではないだろうか。その大男が、まっすぐに佳乃を見下ろしていた。

「なにか不始末がございましたでしょうか？」

さすがに一人で虎の穴に放り込むわけにはいかないと思ったのか、一緒に参上した三田が恐る恐る口を開く。俊紀は三田を一顧だにせず佳乃に尋ねた。

「アルバイトだそうだが……学生か？」

「そうです」

「時給は？」

「深夜作業ですので一五〇〇円です」

その答えを聞いて、俊紀は三田に言った。

「悪いが、この子を首にしてくれ」

そして驚いた三田が反論する前に、彼は佳乃に言った。

「専属で雇い入れる。時給は倍だ。断るというならハウスクリーニング契約を解く」

これは脅迫だ……

佳乃が断ればハウスクリーニング三田は得意先を失い、同時に佳乃も仕事を失うだろう。

佳乃は、どうして自分がこんな目に遭うのか全く納得がいかなかったが、現実は厳しい。

とにかく佳乃には日銭が必要だったのだ。

断ることなどできるはずもなく、その日のうちに物々しい雇用契約書に拇印《ぼいん》を押す羽目になった。痛々しそうに佳乃を見る三田の目の中に、かなりの安堵を見いだしたことがせめてもの救いだった。

†

雇用契約を交わしたその夜から、佳乃の原島邸通いが始まった。

職務内容は「厨房《ちゅうぼう》付き料理人補佐」。

実のところ夜食係である。


「いったい何でそんなものが必要なのです?」

と激昂したのは原島家の料理長山本巧《やまもとたくみ》。確かにそのとおりである。

原島家のありとあらゆる料理がこの男の手によるもので、大きなパーティの時ですら、彼が何人かの臨時スタッフを指示して作り上げてきた。

夜食が必要であれば自分が作る、というのも当然の主張である。

実際、佳乃が作ったリゾットにしても、プロの山本が作った方が数十倍美味く作れるに違いなかった。

手作りのコンソメ、厳選された野菜とトマトピューレ、きちんと削ったチーズにフレッシュハーブ……一度食べさせてもらったが、これぞ王道、というれっきとしたイタリアンリゾットであった。

「もの凄く美味しい！　いったいこれのどこに不満が⁉」

当然、という顔でふんぞり返る山本に、佳乃は何の瑕疵《かし》も見いだせなかった。

間違いなく、イタリアンマンマ大喜びでハグしまくりレベルだ。

しかし宮野は困惑顔で言ったのだ。

「私も全くそのとおりだと思います。けれど俊紀様は、谷本さんの作ったリゾットがいたくお気に召したらしく、どうしてもあのリゾットを作った人間を連れてこいと……」

「舌がどうかしてるんじゃないですか？　ケチャップと粉末コンソメと粉チーズですよ！　プロのプライドが邪魔しなければ誰にでも作れます」

そして、佳乃は山本はもちろん宮野までキッチンに連れていき、いわゆる「なんちゃってリゾット」の作り方を伝授した。もちろん二人とも難なく作り上げ、あっという間に三皿のリゾットが完成した。

見た目はだいたい同じようなもの、味だって大差なくインチキくさい。

ところが、その三皿を俊紀のところに運び食べさせてみると、

「これがいい」

と一発で佳乃が作った皿を選び出してしまった。

こうなると、舌が敏感なのか鈍いのか判断に困るところである。

さらに、和風雑炊、中華粥、サンドイッチに至るまで、およそ夜食として提供されそうなものを作り比べてみたが、俊紀が選ぶのは常に佳乃が作ったものだった。

ここにいたっては山本も諦めた。

「私の作ったものの方が断然美味いはずです。でも、俊紀様が求められる味がこの娘の作ったものであるならば、それは致し方のないことです」

と極めて冷静かつ諦めのよいコメントを残し、夜食担当を佳乃に譲った。

まあ、通いの料理人で、しかも家庭がある山本にとって、これ以上拘束時間が増えるのはうれしくない、という判断もあってのことだろう。

勤務時間は、原則午後九時から十二時の三時間。

終業予定が十二時というのは、終電にぎりぎり間に合うかどうかという際どい時刻ではあったが、実際に十二時まで原島邸に滞在することはほとんどなく、終電に乗り遅れたこともなかった。

宮野は深夜に帰宅する佳乃を気遣って、『運転手に送らせましょう』と言ってくれたが、ハウスクリーニングのアルバイトをしていたときも同じような時間帯に行き来していた佳乃は、『大丈夫ですよ』と言って取り合わなかった。

俊紀が出張などで帰宅しない日は休み。ただし、急な予定変更があれば呼び出されることもある。

さらに、彼が夜食を必要としないときもあり、一、二時間の待機を終えて帰宅する日も多い。

待機時間中にレポートを書いていようが、本を読んでいようがお構いなしの気楽な職場、なおかつ時給は高い。

夜食が必要なときは宮野が連絡してきて、出来上がった頃厨房《ちゅうぼう》に取りに来る。その時間が午後十一時であっても九時であっても、その一食さえ作り終えればその日の仕事は終わりで、佳乃は片付けをして帰宅することができた。もちろん時給は三時間分計上される。

雇用のいきさつは理不尽極まりなかったが、条件は決して悪くなかった。

「なんか……無駄だと思うんですけど……」

と夜食が出来上がるのを待っている宮野に言ってみたが、彼は取り合わない。

「俊紀様にとって、欲しいものがいつでも手に入る状態というのは当たり前のことなのです。たとえそれが一皿のリゾットであっても」

「お金持ちというのは何を考えているのやら……」

というよりも、なんて贅沢でわがままな男なんだ。

それが佳乃の正直な感想であった。

まあ……ほとんど会わないし、けっこうな金額を払ってくれてるんだから、文句を言う筋合いではないけれど……

そんな調子で一年が過ぎ、また夏がやってきた。

佳乃は大学四年。何とか大氷河期の就職戦線を乗り切り、四月から中堅の商社に勤めることになっている。

原島邸でのアルバイトは依然として続けていたが、最近俊紀の仕事が忙しいらしく、深夜の帰宅が続いていた。

十一時半近くに連絡が入り、今から帰宅するので夜食を頼む、と言われることが増えた。

夕食は済んだのかと確認すると、取り損ねていることがほとんどで、夜食にしてはしっかりしたものを作らねばならない。

胃の負担にならず、かつ大人の男の胃袋をしっかり満たす料理を作るのは結構大変ではあったが、その甲斐あってか、宮野の話によると、喜んで食べているらしい。

それならまあいいか……と暇な時間をみて料理の本などを参考にメニューを考えるのが佳乃の日課となっていた。

†

「私が辞めた後はどうするのですか？」

ある日、佳乃がそう尋ねると、宮野は驚いたような顔で聞き返してきた。

「なにか待遇にご不満でも？」

佳乃にしてみれば、そんな質問自体がびっくりである。

「いや……不満はありませんが、私、春には卒業ですから……」

その時にいたって初めて宮野は佳乃が学生であったことを思い出したらしい。

「ということは就職されるのですか？」

「もちろんです。就職すればバイトの必要はありません」

「当家に就職される気はありませんか？」

「あるわけないじゃありませんか。第一もう就職先は決まっています」

それは困りましたね……と心底困り果てたような顔で宮野が言う。

確かに、こんないかさま料理人は代替不能《だいたいふのう》であろう。かといって、一生原島邸の夜食係というのもあんまりである。それは宮野とて少し考えれば納得のいく話であった。

「就職の準備等もありますので、二月いっぱいでこちらは辞めさせていただくつもりです」

「それは一度俊紀様にご相談しないと……」

「いや、ただのバイトですから、そんな必要はないでしょう?」

そう言って佳乃は笑ったが、宮野は返事をしなかった。


宮野が俊紀にその話を報告したのは、翌日の夜のことだった。

「アルバイトの谷本が二月いっぱいで退職したいとのことです」

仕事の資料を捲《めく》りながら話を聞いていた俊紀の手が止まり、その鋭い視線がまっすぐに宮野を捉える。

俊紀は、宮野の予想していたとおりに一言で答えた。

「却下だ」

「お言葉ですが、谷本は学生でこの春就職いたします。もはやアルバイトとして雇用するのは不可能ですし、本人は当家に就職する意志を持っておりません」

「就職？　どこにだ？」

「さあ……そこまでは」

「本人を連れてこい」

「今日はもう帰宅いたしました」

そういえば今日も夕食を取り損ね、帰宅するなり夜食を作らせたのだった。

一時間も前のことなので、当然片付けも終わり帰宅している。

「では明日だ！」

「明日から三日間札幌へご出張では？」

「……そうだった。仕方がない。戻り次第、話をする。とにかく退職は却下だと伝えておけ」

宮野は、それは無理なのでは……と思いながらも、とりあえずその場は口にしなかった。


「却下って……本当にそう言ったんですか？」

俊紀が不在の三日間、当然佳乃も原島邸の仕事はなかった。宮野から話を聞かされたのは三日後の夜、ぶっかけそうめんに野菜を山ほどのせながらのことである。

「そのとおりです」

「どう言われようが二月末日をもって私は退職いたします。それが現実なんですけど……」

「直接お話しください」

そして宮野は、サラダかと思うほど野菜がのせられたそうめんを持って厨房《ちゅうぼう》を出ていった。

俊紀は三十分少々で食事を終える。その間に佳乃は厨房を片付け、それから滅多に入ることのない主《あるじ》の書斎に出向いた。

「失礼します」

そう言ってドアを開けると、俊紀はちょうど食事を終えたところだった。

この男と会うのは二度目である。相変わらず威圧的な男だ、と佳乃は思う。

遅い時間に食事をするわりには、大して太ってもいないのが憎らしい。きっとあれこれトレーニングに励んでいるのだろう。

見るからに忙しそうなのに、どうやってそんな時間を作っているのか謎ではあるが。

「どこに就職する予定だ？」

何の前触れもなく、いきなり彼はそう言った。

「前村《まえむら》物産です」

「前村……あの穀物中心のところか」

「よくご存じで」

と言いつつも、知っていて当然だとは思う。原島俊紀は株式会社原島の社長である。

株式会社原島は成長著《いちじる》しいグローバル企業で、その業務内容は多岐に渡る。

もちろん商社部門もあるので、前村物産とは規模が違いすぎるほどに違ってはいるが、その動向は把握しているだろう。

「なぜ前村を選んだ？」

「会社の規模が大きすぎず、経営方針も堅実だからです」

「前村でなければならない理由はないんだな？」

「現状、それ以外のところに鞍替えは不可能です。今年の主立った求人はもう終わっていますし、留年して就職活動やり直しもまっぴらです」

「前村よりうちにいた方が楽に稼げるぞ」

確かに金額だけを言えば時給で三千円、日給で九千円である。

最近の出勤日数は平均週に五日、どうかすると六日という日もある。それでいて実働は長くて三時間。まるで水商売のような実入りで、楽と言えばこれ以上楽な仕事はないかもしれない。

「金額が不満なら時給を上げてもいい」

「金額の問題じゃありません。私はフリーターになる気なんてありませんから」

学校を出たらちゃんと就職してまっとうに働く。たとえ給料が安くても、その範囲内できちんと生活する。それが大人というものだ。

佳乃は普通に暮らすことの大切さをしっかりと理解できる教育を受けた。

不幸にして両親は佳乃が大学に入った年に事故で逝《い》ってしまったが、その影響も少なからずあって、日々まっとうに暮らすことは、佳乃にとって最大の課題であった。そのためには安定した職と住居が必要である。

そんなことを、佳乃は佳乃なりに一生懸命俊紀に説明した。

「なるほど。かなり納得のいく意見ではある。若いのに立派なものだ」

と、若いのに立派なのはそちらだろう、と言いたくなるような男は答えた。

そして俊紀はしばらく考え込んだかと思うと、パソコンの画面で前村物産の会社情報を確認し、おもむろにこう言った。

「安定性という意味では、株式会社原島は前村物産より圧倒的に優位に立っている。原島で働く気はないか？」

「もちろんありましたが、実は不採用でした」

「なに？」


原島邸で働いていて、株式会社原島を意識しないほど高潔ではない。かといって、当主や宮野に応募することを言い出すほどの厚顔さは持ち合わせておらず、あわよくば……と書類を出してみたが、旧帝大でも六大学でもない大学の生徒である佳乃は、エントリーシートだけで門前払いを受けたのである。


「なぜ受けることを言わなかった？」

「夜食係ですけど仕事下さいって？　言えるはずないじゃないですか」

「言うやつは言うぞ」

「まあ、そういうふうには育ってないものですから……」

「まったく……よくぞそんなに無欲に育ったもんだ」

「とにかく私は、株式会社原島には不要な人間だということです」

「それを判断するのは私だ。お前一人ぐらいどこにでも入れられる」

そりゃそうでしょうよ。

佳乃は心の中で毒づいた。

社長のコネは最強だ。どこの部門でも、ははーっと受け入れるに決まっている。

大喜びで入社する人間はたくさんいるだろうが、佳乃はごめん蒙《こうむ》りたい。

「けっこうです。私は、掛け値なしで私を採用してくれる会社で働きます」

「頑固者め」

「ということで、二月で辞めさせていただきます」

佳乃はそう言うと、俊紀に向かって深々と頭を下げた。

このバイトのおかげで佳乃の生活はずいぶん楽になった。それまでのように安い時給で、あるいは高い時給と引き替えに激務を強いられることもなくなり、ある程度学業に専念できるようになった。

正直、原島俊紀にはいくら感謝してもたりないほどだ。

化学調味料とB級グルメ万歳である。

「考え直す気はないか」

「ぜんぜんありません」

「仕方がないな……では前村の社長に電話をする」

「え？」

「谷本佳乃は前村物産には就職させない。もちろん他のどこにも」

「そんなことが……」

「できるに決まっているだろう。私を誰だと思っている。株式会社原島の原島俊紀だぞ。前村物産程度の会社が、私を敵に回してまで雇いたい人間がそうそういるとは思えない」

そう言うと、彼はにやりと笑った。言っていることが無茶苦茶である。

確かに、自分がそんなにまでして雇いたい人間ではないことなど百も承知であるが、それを言ったら、俊紀が佳乃にそこまでこだわる理由もないはずだ。

化学調味料を操る魔性の手？　馬鹿馬鹿しい。目の前にカップリゾットと電気ポットでも積み上げてやろうか。

「心配するな。夜食係だけではさぞかし暇だろうから他にも仕事をやる」

「はあ⁉」

「この屋敷は大きい上に古い。きちんとした管理が必要だが、そろそろ宮野一人の手には余ってきている。フルタイムで宮野の補佐にする。給与、待遇は株式会社原島に準じる」

あまりの成り行きに絶句している佳乃を尻目に、俊紀は至ってご機嫌であった。

「ああ、言い忘れたがもちろん住み込みだ。部屋は好きなところを使え。家賃もかからないし、通勤の必要もない。こんないい話は滅多にないだろう?」

「お断りです。そんな横暴な話、聞いたことありません!」

「黙れ。これは決定事項だ。前村には明日一番で電話を入れる。お前は内定辞退だ。まだ八月だからそんなに大きな問題にはならないし、後輩にも迷惑はかからないだろう。だが、これ以上ご託を並べるなら、今後一切お前の大学からは採用するなと言い添えるぞ」

何という言い草だろう。

私の人生、どこでどう間違ったのだ……

佳乃は深く深くため息をついた。

原島邸に、管理人補佐兼夜食係として就職……誰がどう聞いても、あり得ないと言うだろう。

同窓会名簿の職業欄にだって書けやしない。

ことの成り行きを見守っていた宮野が、気の毒そうに佳乃に言った。

「とりあえず今夜はお帰りになって、落ち着いて考えられてはいかがですか? よく考えれば、決して悪いばかりの話ではないと思いますよ」

その言葉に退路を得て、佳乃は部屋を後にした。

厨房《ちゅうぼう》に荷物を取りに行こうとする佳乃の後ろから宮野がついてくる。

「谷本さん、どうか前向きに検討なさってください」

前向きも後ろ向きも、私に選択権なんかないじゃない……と佳乃はやさぐれる。

「このまま、二度とここに来ないってことはできないのでしょうか……」

疲れ果てて佳乃が言うと、宮野は即答した。

「あり得ません。俊紀様があそこまでおっしゃることはまれです。明日一番で前村物産に電話を入れるでしょう。そして、あぁまでおっしゃるのですから、あなたが二度とここに来ないことなど、お許しになるはずがありません」

「なぜこんなことに……」

目眩《めまい》がしそうな頭を二、三度振って勝手口から帰宅しようとすると、恐ろしいことにそこに俊紀が立っていた。

「まだなにか?」

けんか腰で問いかける佳乃を笑いながら俊紀は言った。

「遅くなった。物騒だから送ってやる」

「結構です！」

確かに時刻は午前一時を回っている。だが、この精神状態でその元凶たる俊紀と一緒にいるぐらいなら、暴漢に襲われた方がましである。

「大事な夜食係に何かあっては困る」

「大丈夫です。私は柔道の黒帯ですし、このあたりの治安は悪くありません」

問題は治安云々ではなく、もう終電が出てしまっていることにあったが、佳乃は、この際そんなことはどうでもいい、朝まで歩いたってかまいはしない、と思っていた。

けれど、そんな佳乃の憤慨など俊紀はものともしなかった。

「いちいちうるさい奴だ。私が送ると言ったら送るんだ。とっとと乗れ」

いつの間に回したのか、そこには黒のアウディが停められていた。

一口にアウディと言ってもクラスはいろいろある。

もちろん、彼が乗っているのは最高級クラスで、価格は二千万近い。いうなれば、走る札束である。普段は運転手付きの車で移動している俊紀だが、自分で運転するのも嫌いではない、といつだったか宮野が言っていた。

それにしても、何という俺様ぶりであろうか。佳乃はもはや反論する気力もなくし、黙って彼の性格そのものの色をしたアウディに乗った。

原島邸から佳乃のアパートまでは車で三十分。その間、佳乃は意地でも口を開くまいと決めた。

だが、佳乃の道案内などなくても、最先端のカーナビのおかげで、車は至極スムーズに佳乃のアパートに到着した。

「ありがとうございました」

それだけ言って車を降りようとする佳乃に、俊紀は釘を刺した。

「シフトどおりにきちんと出勤しろよ。まあ、まだ卒業もしていないし、生活費は必要だろうからそうそう休むわけにもいかないはずだがな」

返事もせずに、佳乃はドアをたたきつけるように閉めた。アウディに罪はないことはわかっているのだが、どうにも腹立ちを抑えられなかった。

†

「それはまた……すごい話だね」

翌日、話を聞いた佳乃の友人、田宮朋香《たみやともか》は呆れたように言った。

朋香は子どものときからの親友で、かつては家も近所だった。佳乃が事故で両親を失ったときは、家族ぐるみで佳乃の面倒を見てくれたし、大学のそばにアパートを借りた今でもちょくちょく夕食をご馳走になりに行っている。朋香の父裕也《ゆうや》も、母のひとみも、兄の宗治《そうじ》も、佳乃にとっては家族のようなものであった。

「でも、株式会社原島っていったら、ものすごい一流企業だよ。前村物産よりずっといいよ」

朋香はその端麗な容姿を武器に百貨店への就職を決めている。もともと流通志望であったし、接客に向いているという自覚もあったようなので、不満はないだろう。

「株式会社原島じゃなくて原島邸の家政婦だ！　どこがいいんだよそんなの～」

「だったら会社の方に入れてもらえばよかったじゃない。意地張らずにさ」

「やだよ。そんな見え見えのコネで入ったら、お局様とかにいびり倒される」

「まあそれもそうか……じゃあ諦めて管理人補佐やりなさいよ。イケてるんでしょ？

原島俊紀って」

確かに、見ようによってはいい男である。全く自分の人生に関わりのない、ただの観賞用として見るならば。

旧帝大卒業後、海外でＭＢＡ取得。三十歳にして原島財閥の総裁。容姿端麗性格最悪。なんとしてくれよう、である。

唯一の救いは、この男がワーカーホリックに近い仕事人間で、勤務地が原島邸である限りほとんど顔を合わせる機会がない、ということである。

何せ夜食係として勤めた一年間でたった二度会っただけ、そのいずれもが雇用に関する呼び出しであった。ということは、通常は勤務していても出くわす確率は非常に低いと言えよう。百年会わなくても不思議はない。

「え……でも住み込みなら、もうちょっと顔を見る機会がありそうじゃない？　そもそも夜食係だけじゃなくて、管理人補佐にもなるんでしょう。相談事とかも増えると思うけど」

朋香は期待いっぱいの顔でそう言うが、そんなものは宮野に任せておけばよい。フルタイムであろうがなかろうが、結局のところ夜食係がメインに違いないのだから。

「ま、せいぜい頑張ってください。休みになったらまた遊びにおいでよ」

「全然頑張る気にならないんだけど……」

そう言って、佳乃は本日何度目かの深いため息をついた。

第二章　新しい生活

佳乃の前村物産内定辞退は、非常に速やかに行われ、あっという間に春が来た。

ご立派な革表紙付きの卒業証書を受け取りながら、佳乃は思う。歯を食いしばってバイトで稼ぎ、必死で卒業したものの、就職先はその学問とはいっさい関わりのない住宅管理業務である。いったい何のための四年間だったのか……

アパートを引き払い、ほんの少しの荷物を持って、四月から原島邸に住み込む。どこでも好きな部屋を使ってよいと言われたが、佳乃が選んだのは厨房《ちゅうぼう》と勝手口に一番近い部屋。部屋というよりも納戸と呼ばれるところだった。

宮野はさすがに気にして、もっといい部屋を使うように勧めてくれたが、佳乃はそこで十分だった。

何より、主《あるじ》の部屋から一番遠く、出くわす可能性が最も低いところが気に入っていた。

四月一日は、全国的に入社式が行われる日である。

ご多分に漏れず、株式会社原島も、本社のある赤坂で盛大な入社式が行われる。もちろん、社長である俊紀はそちらに出席する。

とはいえ佳乃は、通いだった原島邸に住み込みになるというだけのこと。呑気にいつもどおり勝手口から入ったところで、宮野に迎えられて逆に驚いてしまった。

「本日からあなたは原島邸の管理人補佐として正規雇用されます。とりあえず、職務内容を説明しますので、図書室にお越しください」

なんで図書室？　といぶかりながら、佳乃は宮野について一階奥にある図書室に入った。

原島邸には一年半以上通っているが、佳乃は厨房以外の場所にほとんど入ったことがない。図書室ももちろん初めてで、佳乃はその蔵書の膨大さに驚かされた。

「ここってどれぐらい本があるのですか？」

「区立図書館の分館ぐらいの量はあるでしょう。俊紀様のご注文で、どんどん新しい本が届きますが、なかなか整理が追いつきません。ここの本の管理はあなたにお願いいたします。確か司書資格をお取りになりましたよね？」

ちょっと待て……確かにいくつかの図書館学の講義を受け、司書資格は得ていたが、そんなものがこの膨大な図書を前にどれだけ役に立つというのだろう……

「まあ完璧には無理でしょうし、誰もそこまで求めてはいませんから、おおざっぱに分類して書架に入れるぐらいで十分です」

宮野はしれっとそんなことを言う。

そのおおざっぱな分類のためには、まずこの本の山を一冊一冊読破しなければならない。

近年出版された本であれば、図書分類コードという極めて便利な分類基準が記載されているが、古い本にはそんなものはない。

「屋敷の管理等はこれまで私一人で行ってきましたが、俊紀様の身の回りのことなどは、おいおい谷本さんに引き継ぐ予定です。そこには俊紀様の生活の管理なども含みます。まあ簡単に言えば秘書ですね」

「簡単に言わないでいただけませんか。話が違いすぎます。夜食係の延長だとばかり……」

あわてて佳乃はそう言ったが、宮野はとりつく島もなかった。

「俊紀様のご指示です。これらの仕事は、あなたの適性や能力から考えて妥当なものだと思いますが？　もちろん待遇もそれなりのものです」

そういって渡された辞令には、目を見張るような給与額が記載されていた。確かに株式会社原島の社員準拠、もしかしたらそれ以上かもしれない。ただ、それが佳乃の能力に対して妥当かどうかは大いに疑問である。そもそも夜食係に辞令とは……

「住み込みですし、拘束時間はかなり長いです。加えて俊紀様はあのご性格。そのことを思えばまあ、こんなものではないですか？　もちろん、あなたが本当はここで働くことを是としていないことも含めて」

いかにして佳乃が雇われたか、最初の経緯から知っているだけに宮野は佳乃に同情的であった。もらえるものはありがたくもらっておけ、とでも言いたそうである。

「わかりました……でもあの人に会う機会はそんなにはないでしょうね？」

「さあ……それはどうでしょう……」

言葉を濁しながらも、宮野は、俊紀が頻繁に佳乃に接触するつもりではないか、と考えていた。

なにせ囲い込み方が尋常ではない。佳乃は知るよしもないが、これまでこんな強引な形で使用人を雇用したことなどなかったし、女性の使用人を住み込みで採用したこともなかった。

俊紀の佳乃への興味が何を意味するかは窺《うかが》い知れないが、佳乃が考えるほど状況は甘くないだろう。現に先ほど、株式会社原島の入社式の最中だというのに、無事佳乃が原島邸に到着しているかを確認する電話が入っている。予定どおり来ている、と答えた宮野に、俊紀はこう言ったのだ。

「今日は定時に帰宅する」

「かしこまりました」

俊紀の定時帰宅など何年ぶりだろう。社長就任以来初めてではないだろうか。

いったい主《あるじ》はどうしてしまったのだろう……。宮野は、呑気に本の山を調べ始めた佳乃を眺めながら主の心中を思った。

俊紀の身の回りに関する仕事の説明は夕食後ということで、その日一日、佳乃は図書室で過ごすことになった。

膨大な数の本が、適当な書棚につっこまれている。古いものは、まだいくらかの規則性をもって整理されているようだが、新しいものは野放図である。

これではどうしようもない……。一度全部の図書を書庫から出して、並べ替えを行う必要がある。その作業は想像するだに大変であったが、佳乃は実は喜んでいた。

無類の本好き。本の虫。活字中毒。それらが示す矢印はいつも佳乃を指していた。字を読めるようになった頃から、佳乃は常に本を読んできた。買っていてはとても追いつかないので、図書館は都立、区立を問わず複数館利用し、常時貸出限度数いっぱいの本を自宅に置いていた。本さえあれば幸せ……佳乃はそういう人間であった。

従って、この図書室の整理を任されたときも、膨大な仕事量だとは思ったが、嬉しくもあった。締め切りのない作業であること、利用者がほとんどいない状態であることを思えば仕事も進めやすい。

何よりここにこもっていれば俊紀と顔を合わせる機会は少ないはずだ。

しかし佳乃はすぐに、その考えが非常に甘いことを思い知らされることになった。

年度初めの四月一日。新入社員の歓迎や新年度の方針発表、各種懇親会がにぎやかに行われるはずのその日、社長である原島俊紀が帰宅したのは、こともあろうに午後六時であった。

「初日から頑張りすぎると後が続かないぞ」

図書室で、分類作業に没頭していた佳乃は、いきなり声をかけられて飛び上がった。

「なんでこんな時間に……」

「我が社の終業時刻は午後五時だ。定時に終業すれば当然この時刻に帰宅となる」

「年度初日に定時で仕事を終える社長がどこにいるんですか」

「ここにいる。あいかわらずごちゃごちゃとうるさい奴だな。どうでもいいが腹が減った。夕食にしてくれ」

「新入社員の歓迎会とか、新年度決起パーティとかなかったんですか？」

「あったが面倒だからパスした」

パス……？　はい、いかんだろう……と思うが、もうすでにここにいる俊紀が、今更会社に戻るわけもない。佳乃は諦めて宮野を探しに行った。

宮野は、ダイニングで夕食のセッティングの最中だった。もちろん、俊紀が帰宅したことは知っているらしい。

「もう数分で食事にできます。俊紀様は？」

「図書室でおなかがすいたと騒いでいます。なんでこんな時間に帰ってるんでしょう？」

「さあ？　とにかく、食事の用意ができたことをお伝えください」

私は伝書鳩か……と佳乃は軽く不満を感じながら図書室に戻った。

「食事の用意ができたそうです」

「山本の料理か？」

「当たり前です。この家のシェフは山本さんです」

「私はお前の料理の方が好きだ」

「私の料理を四六時中食べてたら体に悪いです。山本さんのお料理の方が、絶対にバランスがいいしおいしいんですから、さっさと召し上がってください！」

佳乃の声はよく通る。厨房《ちゅうぼう》にいた山本はその声を耳にし、思わず失笑した。

厨房での彼の絶対的な地位を脅《おびや》かした佳乃。でも彼女は自分の料理にプライドなんてこれっぽっちも持っていない。

手っ取り早さが命、という信念も山本には新鮮である。今時の娘にしては、非常に器用にあれこれを作るが、そのどれもがなんちゃって料理である。

だからこそ山本は、安心して面白がっていられた。わけても、主《あるじ》が彼女の料理を気に入っているのか、彼女自身を気に入っているのかは興味深いところであった。

ダイニングには、珍しく早い時間に帰宅した俊紀のために、夕食がたっぷりと用意されていた。

三品の前菜、スープ、肉料理、魚料理……サラダにデザート、各種のパン。

初めてその様子をかいま見た佳乃は、山本にこっそり告げた。

「毎日あれぐらいしっかり食べたら、夜食なんていらなくなりますよね！」

いや、だから、そうなったら君は失業するんじゃないのか？　と山本は思ったが、それは言わぬが花である。

「俊紀様があんな夕食を召し上がることはめったにない。今日は帰宅が早いと予《あらかじ》めわかっていたからフルコースを組んだが、通常は夕食を家で食べることの方が珍しい。私はもっぱら従業員と来客時の料理担当だ」

「それはそれで体に悪そうですね」

「だから君が夜食係に雇われたんだろう？」

「私の料理は体に悪いって言ってるのに……」

俊紀本人がそれをおいしいと思って食べているのならそれでいいのでは？　と山本は思う。

それに佳乃が作っている料理が、それほど体に悪いとも思えない。

むしろ短時間で作れ、シンプルでカロリーが少なく、夜食に適しているものが多い。味も適当に作っているわりには、かなりおいしい方だと思う。

レトルトや簡易調味料、冷凍食品を器用に組み合わせて、あっという間に作り上げる。何かが足りないと感じがちな既製のものに、足りない何かを加えて、これぞと思う味に仕上げてしまう。

もともと料理のセンスがいいのかもしれない。きちんと勉強させたら、結構いい料理人になるような気がする。

もちろん、そんなことを本人は望みもしないだろうが……

夕食の給仕は、当然のことながら宮野の仕事であった。

おかげで佳乃は、時間を忘れて図書の整理に没頭し、宮野が図書室に入ったときは、脚立の上で最上段の文学全集を並べ替えようと、四苦八苦しているところだった。

「ちくしょー、文学全集って何でこんなに無駄に重い紙使ってるの？　中身が重いんだから、紙ぐらい軽くしとけっちゅうの！」

その重さに辟易《へきえき》しながら呟いていると、後ろから忍び笑いが聞こえた。

「なかなかの肉体労働のようですね」

「あ……失礼しました。なんかもう重いやら、かび臭いやら……」

「それはそれは……清掃担当に注意しておきます」

「いいえ、とんでもない！　こんな上の方、かび臭くて当然です。デフォルトです！」

と佳乃は慌てて首を振った。本当は手も振りたかったが、文学全集でいっぱいだったのだ。

「そういうものですか。それよりも、もう八時過ぎですよ」

「え……もうそんな時間ですか。全然気づきませんでした」

「食事もまだでしょう？　早く召し上がってください。山本の力作が冷めてしまいました」

「私たちの食事も山本さんが作ってくださるのですか？」

「当然です。彼は当家で食事を必要とする、すべての人間のためのシェフです」

山本は、朝十時に出勤して昼食作りを始める。そしてよほどのことがない限り、午後八時に夕食と翌朝の支度を終えて帰宅する。給仕と朝食の仕上げは宮野の仕事だった。住み込みであればもう少し違うやり方になるのだろうが、住み込みは山本自身がいやがっている。

それはそうだろう……この屋敷と同化しているような宮野を除けば、あの気むずかしい主《あるじ》と寝食を共にしたい人間がそんなにいるとは思えない。

厨房《ちゅうぼう》に行ってみると、確かに佳乃の分と思われる食事が残されていた。

この家で夕食を必要とするのは、主の俊紀と宮野、それに佳乃の三人だけである。

宮野はすでに食べ終えたらしいので、これは佳乃の分である。俊紀が食べていたのと同じぐらい上等な食事だ。

毎日こうだったら一ヶ月で豚になるな……

佳乃は食事をしっかり平らげた後で、そんな心配をした。

「平日は六時までに朝食を終えて、六時半には勤務に入ってください。俊紀様は、出張のとき以外は七時に朝食を召し上がり、八時に出勤されます。朝食の準備は私がしておりますが、早晩あなたの仕事となるでしょう」

夕食後、贅沢にもカプチーノをすっていた佳乃に、宮野はそんなことを言う。

佳乃は思わずコーヒーの泡を噴き出しそうになった。

「なんで⁉」

「もちろん俊紀様のご要望です。お近くにあなたがいるという状況がずいぶんお好みのようです。このまま行くと、そのうち夕食の給仕もあなたということになるでしょう」

「それじゃあ私は、朝な夕なあの顔を見なけりゃならないってことですか？」

「別に見苦しいお顔でもないと思いますが？」

勘弁してくれ……。朋香ならば舞い上がりそうな状況であるが、佳乃としてはあの高慢ちきな男と顔を合わせる機会は、少なければ少ないほどいい。

たとえどれだけ彼の顔が鑑賞に値するものであっても、である。

「誰の顔が見苦しいって？」

そこに入ってきたのは俊紀本人であった。

食事もとっくに済んだ主《あるじ》が厨房《ちゅうぼう》に何の用だ。

まさかあの食事の後で夜食を食べるというのか？

「むしろ逆のことを申し上げておりましたが？」

さすがに宮野は平然としている。

「だが、その夜食係はとてもそうは思っていないようだ」

そう、全くそうは思っていない。

「夜食係……他の呼び方の方が相応《ふさわ》しいのでは？」

「そうか？」

「夜食係で結構です‼」

憤然と佳乃は言い放ち、飲み終わったカップを洗い始めた。

宮野は笑いをかみ殺しながら、俊紀に用向きを尋ねる。

「なにか？　コーヒーでもお持ちいたしましょうか？」

「原島邸新入社員のオリエンテーションを覗きに来ただけだ。でもせっかくだから、エスプレッソをダブルでいれてくれ」

「かしこまりました」

相変わらずの感情抑圧型微笑を浮かべ、宮野は厨房の片隅にあるエスプレッソマシーンのスイッチを入れる。イタリア直輸入だというエスプレッソマシーンは程なく細やかな泡が浮かぶ、アロマの濃いコーヒーを抽出した。

それを持って部屋に戻るかと思いきや、俊紀は依然としてそこにいて、原島邸の一日の流れを説明する宮野の傍らで立ったままエスプレッソを飲んでいる。

宮野の説明は続く。

「俊紀様の出勤後は当面、図書室作業がメインとなります。昼食は十一時から十三時の間であれば山本が用意いたしますが、ご希望であれば外に出られてもかまいません。昼休み、午前午後の休憩その他はどのようにお取りになっても結構です」

勤務時間は基本的に午前六時半から午後八時。そして俊紀が希望すれば夜食を作る。ただし、俊紀が不在の間は、適当に休憩を取っても外出してもかまわない。一日のトータル勤務時間が八時間を超えないよう自分で調整すればよい、とのことだ。

まあ住み込みともなればこその融通性であろう。俊紀が追加する。

「ただし、私の方に用があるときはその限りじゃない」

「もちろんでございます。俊紀様のご用は最優先。それがこの屋敷の不文律です」

掟じゃなくて？　と喉まで出そうになった言葉を、佳乃は必死で呑み込んだ。

そんなことを言って、わざわざ主《あるじ》の逆鱗《げきりん》に触れることはない。

「……というのが一日の流れですが、何かご質問は？」

「あの……休日は？」

「ああ、言い忘れました。基本的に週休二日です。一週間のうちどこかで二日。連続でもかまいませんが、日曜はよほどのことがない限り勤務。毎月二十日までに翌月の休日を申請していただいて、シフトを組みます」

「要するにデパート形式ですね？」

「そのとおりです。ただし、俊紀様のご都合で急な変更がある場合もございます」

「出張とかですか？」

「それよりも、来客の方が突発的かもしれません。大がかりなものはかなり前からわかっておりますが、時折、急に五人程度のお客様をお迎えすることがございます。その際は、やはりそれなりの体制を組む必要がでて参ります」

自宅に客を招くタイプでもなさそうなのに……と考えかけて、ああ商談だ、と思い至った。

いわゆる密談というやつだな……それは確かに、急に自宅で起こりうる事態である。

なるほど社長さんは大変だ、と佳乃はほんの一瞬だけ俊紀に同情した。


小一時間の説明で、なんとか佳乃は原島邸の一日の概要をつかんだ。

要するに、俊紀がいなければ天国。そして俊紀は多忙につき日中はまず不在、月に数回は泊まりがけの出張で、時には週単位の海外出張もある、という激務である。

佳乃にとってはなんともありがたい。

「とりあえずそんなところです。なにか付け加えることがございますでしょうか？」

そう言いながら宮野は俊紀を見た。

メモを取りながら宮野の話を聞いていた佳乃は、まだそこに俊紀がいることに驚いた。

ずっといたのか……


「なお、夜食係は私の直轄とする」

その言葉だけを残して、俊紀は厨房《ちゅうぼう》から出ていった。

佳乃はあっけにとられていたが、宮野はむしろ驚愕していた。

俊紀直轄の使用人……それが意味するところを、佳乃は決して知りたくないだろう。

直轄ということは、宮野の管理を越える。いや、宮野はおろか原島邸の域をも越える、ということである。俊紀が望めばその職務領域はどこまでも広がる。株式会社原島も俊紀のプライベートもすべてが職務対象となってしまう。

主《あるじ》はいったいこの娘に何をさせるつもりなのだろう……宮野は、やけに満足げな俊紀の背中を戸惑いとともに見送った。

「今の、どういう意味ですか？」

「まあ……その……いずれおわかりになるでしょう」

何でも明快に説明する宮野にしては、珍しく言葉を濁して、その日の業務説明は終了した。

翌朝、アラームで五時半に起床した佳乃は、厨房《ちゅうぼう》で朝食を終え、宮野とともに、七時に食堂で俊紀を迎えた。

俊紀は、経済新聞を含めた数種類の新聞を斜め読みしながら朝食を摂《と》る。

英語以外の外国語のものもある。そういえば彼は英語を含めて数ヶ国語に通じているらしい。

彼の本日の朝食は、二枚のトースト、コーヒーにスクランブルエッグ、ベーコンとごくごく普通。それじゃあ野菜がたらんじゃないか……と思いながら見ていると、彼は最後にオレンジジュースを一気飲みした。

どうせ飲むなら野菜ジュースを飲めよ……もっといいのは青汁。苦み走った性格に、さぞやよく馴染むことだろう。

などと心の中で呟きながら、なんとはなしに見ていると、ふと目をあげた俊紀と視線がぶつかった。

「朝の果物は金。野菜は昼と夜でたっぷり食べる」

そして彼は不敵に笑うと、経済新聞と二杯目のコーヒーを手に食堂を去った。

まったく……

佳乃は、彼が散らかしていった各種の新聞をたたみ直しながら歯噛みしそうになる。考えが顔に出ていたのだろうか。元々単純な人間とは思ってもいなかったが、つくづく食えない主である。

それから八時に俊紀が出勤するまでの間、佳乃は厨房の後片付けをし、簡単に食堂を掃除する。

九時になれば、通いの使用人たちが出勤してくるので、本格的な掃除は彼らが行う。

原島邸の使用人は通いで十名。二名が料理担当。一名は山本で、もう一人は山本の直弟子の松木《まつき》である。この二人は交代勤務、ただし、松木が勤務するのは週二日の山本の休日だけである。

清掃担当は六名いて、一日三人ずつ勤務する。残りの二名は運転手。これもシフト制である。大がかりなパーティのときは、全員が一度に勤務し、さらに臨時で雇用する場合もあるそうだ。

それに宮野と佳乃を加えて総勢十二名が原島邸の使用人である。

掃除だけに三人というのはとんでもない数のようだが、何せ旧家だけあって部屋数も多いし、庭も広い。

昨日案内されて見て回ったが、一階には厨房《ちゅうぼう》や食堂や会議室、もちろん例の図書室というには立派すぎる部屋もある。二階には七室の客室とパーティルーム、談話室、更衣室とも言える支度室。三階には俊紀の居室と書斎、四室の空き部屋がある。まだ見てはいないが、庭には離れもあるらしい。

プールはないのかプールは！　ヘリポートも作れよ！　と思わず叫びたくなるほどの豪邸である。

取扱注意のシールを、べたべた貼り付けたくなるような調度品も溢れんばかり。そりゃあ三人がかりで掃除しても、毎日全部は無理だ。

「宮野さんがお休みのときはどうなるのですか？」

この人がいないと原島邸は大変だろうと思って佳乃が聞いてみると、

「私は基本的にお休みはいただきません」

と、平然と答えられてしまった。

労働基準法完全無視かよ……と力が抜けそうになるが、宮野本人が、この家ですることを仕事と思っていない節がある。

それならそれでまあいいか……と、佳乃は納得しておくことにした。

「なるべく、俊紀様のお留守と谷本さんのお休みを重ねていただきたいのですが……」

休日を組むためのシフト表を渡しながら、宮野が言った。

「わかりました」

重ねずにすむのであればそれだけ顔を合わせる日数が減るのだが、そうもいかないらしい。

佳乃は俊紀の不在表を眺めながら、その月の休みを確定していった。

「申し忘れましたが、四月二十九日には原島家春の親睦会がございます。これは百名前後の出席者が見込まれますので少々準備に手間がかかりますし、当日は正直申し上げて大変でございます。気むずかしいご親族もいらっしゃいます。今回谷本さんは初めてですから、面食らうことが多いと思いますが、こういった催しが年に二回ないし三回ございます。できるだけ早くお慣れください」

そんなの慣れるとか無理ですから～と佳乃は逃げ出したくなった。

「それは夜食係の仕事ではありませんよね？」

なんとかそう尋ねてみたが、

「親睦会は午後六時から始まり深夜に及びます。当然夜食係のお仕事です」

とあっさりかわされてしまった。

もちろん、夜食自体は山本と松木で作りますが……と、宮野は冗談ともつかぬ口調で締めくくった。

当然である。原島家ご親族に、レトルトまがいの夜食を出せるはずがない。

俊紀がそんなものを食べていると知られただけでも、うるさ方が何を言い出すかわかったものではない。

「ところで、親睦会ってどういう方が出席するんですか？」

百名と言うからには、親族だけではあるまい。

「半数がご親戚、残りの半数は仕事関係です。外国の方もたくさんいらっしゃいますので、山本はメニュー作りにも苦労しているようです。特に今回は、五月の支社設立に向けてドイツの方もお招きしているので、勝手が違うと嘆いていました」

なるほど……それは大変そうですね……でも芋とソーセージを山盛りにしとけばいいんじゃないですか、などと言いつつも、佳乃は高をくくっていた。

当日は臨時の使用人を含めて三十名以上が接客応援に入るというし、厨房《ちゅうぼう》は山本、松木の独壇場だろう。宮野は一日中忙しいかもしれないが、新入りの佳乃にできることなどしれている。

どうかすると、図書室にでもこもっているうちに過ぎていくかもしれない。

「人材、食材、飲み物の手配を含めて、来週から準備に入りますからそのおつもりで」

その言葉を聞き流し、佳乃はその日も図書室で過ごした。

月末の親睦会までには、もう少し見られる図書室にしておきたい。今のままでは閉店間近たたき売りセール中の古本屋の体《てい》である。だがこの古本屋、ただの一冊も売れはしない。

ほこりをかぶった過剰在庫を抱えて途方に暮れる、見たこともない店主が目に浮かぶ。

それでも、在庫の中には稀少本と言われる類《たぐい》のものも紛れている。

きちんと扱ってやらないと本が泣く。たとえ誰にも読まれないとしても……

一日の大半を図書室で過ごし、朝食のときぐらいしか主《あるじ》の顔を見ない日々が続いた。

さすがに年度初めは忙しいらしく、初日のように定時帰宅ということもなく、俊紀は連日会議やら接待やらで帰宅が遅い。宮野の言うとおり、午前二時三時の帰宅というのもざらである。

もっとも佳乃がそれを確認しているわけではなく、自分の就寝時間よりも遅く帰っているのであればそれぐらいだなとあたりをつけているだけで、実際はもっと遅いのかもしれない。それでも、毎朝きちんと七時には食堂に現れるあたり大したものである。

睡眠時間が短くても大丈夫なタイプなのだろう。

もしかしたら主は二人いて交替勤務なのかもしれない。

でも、普通ならばどっちもが休みたがるだろうに、この主の場合、二人共が『私が働く！』と言い張って仕事の取り合いを始めそうだ。

もう果てしなく働いていろよ、いっそ帰ってこなくてもよいぞよ。

などと、朝になるとちゃんと現れる主を見るたびに思う。
いずれにしても、夜食係は用なしのありがたい日々であった。

第三章　親睦会の準備

親睦会まであと一週間となった日曜の午後、佳乃はあらかた整理の終わった図書室で、並べ直した本のチェックをしていた。

分類は日本十進分類法に則《のっと》ったので、各地の図書館とほぼ同じ。個人の家で、分類の0から9までほぼすべての番号を使い尽くすとは思いもしなかったが、それぐらい原島家の蔵書はバラエティに富んでいた。

きっと、代々の当主がみな読書家だったのだろう。あるいは、単なる収集家だったのかもしれないが……

一階のほぼ半分の面積を占める図書室いっぱいの書架。そのどれにも満杯に本が入っている。

佳乃にしてみれば夢のような光景である。

コンピューター操作の手引書とコンピューター犯罪を題材にした推理小説が並んでいる、といった居心地の悪さはついに解消されて、収まるべきところにきちんと収まった本たち。

「いやいやよかったねえ……君たち」

思わずそう口にしてしまうぐらいである。

「なにがよかったんだ？」

背後からの声に、恐る恐る振り返った佳乃の目に入ったのは主《あるじ》だった。

そういえば、今朝は食堂に現れなかった。久々の休日で朝寝する予定だと宮野が言っていた。昨夜も遅かったらしいし、無理もないことだ。

見た限り朝寝の効果は絶大だったようで、ずいぶんすっきりした顔をしている。

「ずいぶん早く片づいたな。もうしばらくかかるかと思っていたが……」

俊紀は、図書室をぐるっと見回してそう言った。


なんですかそれは。もしかして、お褒めの言葉でしょうか。


確かに、一冊一冊読み込んでいけば、一年かかっても整理は終わらなかっただろう。

だが幸いなことに、この家の書籍収集傾向と佳乃の好みが一致していたらしく、全体の半分以上は既読の書物、四分の一は読んだことはないにしても誰もが知っているような有名文学だった。要するに、書籍の三分の二は簡単に分類できたし、残りの三分の一も明らかな医学書であったり、経済書であったり……まあ思ったよりも楽な作業だった。

おまけに、本物の図書館のように、書物保護処理やらラベリングの必要もなく、おおざっぱでよい、という宮野の言葉に従って、部屋の奥を頭に0から9分類まで並べ直したに過ぎない。

「なにかお探しですか？」

確認を終えた俊紀に尋ねてみると、

「お前を探しに来た」

という。

「親睦会の招待客リストができたから、チェックしておいてくれ」

「それ……私にできることでしょうか？」

「去年のリストと見比べて、うるさい親戚がもれてないか見るだけだ。仕事関連は私がチェックする」

それならなんとかなるだろう。佳乃は渡されたリストを持って厨房《ちゅうぼう》に行った。

山本がそこで、厨房関連のチェック作業をしているはずだから、わからないことを聞きながらやろう。

メニューを見ながら皿の種類を確認していた山本は、佳乃を見て手を止めた。

「どうした？」

「招待客リストのチェックを頼まれました。ここでやっていいですか？」

「もちろん。そのテーブルを使っていいぞ」

と、ときどき山本が休憩やレシピの確認に使う小さなテーブルを貸してくれた。

親族の数は四十七名。ほとんどが原島姓であるが、二、三他の姓がある。おそらく結婚後の姓や俊紀の母方の親戚なのだろう。

昨年のリストと照合する佳乃に山本は言った。

「そのリストを渡されたということは、招待客を頭に入れろということだ。あとで宮野さんに家族写真でも借りて、名前と顔を一致させておいた方がいい」

「なんで⁉」

「さあ……？　これまで、そんなことを頼まれた使用人はいないから……まあ俊紀様になにかお考えがあってのことだろう」

と山本は含み笑いで言う。

おそらく主《あるじ》は、この娘を親睦会のホステスに使う気でいるのだろう。ホステスというと、銀座か六本木あたりで、しゃなりと科《しな》を作って、座るだけで諭吉を二枚三枚と持っていきそうなイメージがあるが、原島邸におけるホステスは正しく女主人を指す。親睦会のメイン接待係である。もちろん、ホストも同様。原島俊紀が片膝ついて、女性にシャンパングラスなど差し出したらえらいことである。

俊紀が当主となってからこれまで何度も親睦会は開かれてきたが、ホステスはいつも不在だった。

親族などの扱いは、彼らをよく知る宮野が補佐してきたが、今後はそれを佳乃にやらせるのだろう。

これはまたおもしろい……と山本は思う。

ある日突然、原島邸に迷い込んできた佳乃。本人が思うよりずっと有能かつ優秀な人間である。その上人間がすれていない。

俊紀のように百戦錬磨《ひゃくせんれんま》の男には、ずいぶん新鮮に映ることだろう。

実際彼は、常に佳乃の動向に注意を払っている。どこで何をしているのか、どんな作業で一日を終えたのか、毎日宮野から報告を受けているようである。

また、自分が屋敷にいるときは、かなりの確率で佳乃をそばに置いている。

朝食の支度はとっくに宮野から佳乃に代わった。夕食の給仕も時間の問題だろう。

仕事を奪われ手持ちぶさたになった宮野が不満そうかというとそうでもない。これはこれでなにやら感慨深げに主を眺めている。

宮野と山本が思うところはどうやら同じらしい。

問題は、佳乃本人がその状況をちっとも喜んでいないところにある。

使用人から見ても、また周囲の反応を見ても、原島俊紀はかなり上等の男であり、群がる女性を追い払うのに忙しいほどだ。

その俊紀に無反応。というよりも拒否反応を示す佳乃は、これまた珍しいタイプの女性である。だからこそ……ともいえるわけであるが……

まあ、俊紀様の腕の見せ所だな……と思ったのを最後に、山本は考えるのをやめた。


「昨年欠席で、今年出席の原島孝史・和子《かずこ》夫妻ってどなたです？」

「俊紀様のご両親だ。昨年は上手く不在のときに当たったのだが、今年は避けきれなかったらしい」

両親を避けなくてはならないという理由は何だろう。不仲なのだろうか。尋ねてみると、山本が首を横に振る。

「いや、不仲というのではないけれど、俊紀様の結婚問題でなにかとおやかましい」

「なるほど……そういうことですか」

それは独身貴族の俊紀としては、さぞかし鬱陶《うっとう》しいことだろう。とはいえ、親にとっては三十にもなる跡取り息子がいつまでも独身、というのも気がかりだ。

佳乃にしてみればどっちもどっち、せいぜい頑張って戦いたまえ、であった。

†

「夜食係を親睦会に出す。見られる程度に飾っておいてくれ」

俊紀が宮野にそう告げたのは、親睦会の三日前のことだった。

ある程度予期していた宮野は、それでも意地悪げに答えた。

「もともとメンバーに入っております。メインダイニング担当です」

俊紀はこの古狸《ふるだぬき》が……と心の中で毒づきながら言葉を重ねた。

「給仕としてではなく接待係で使う。それなりの服装をさせろ」

「ホステスとして、でしょうか？」

「何度も聞くな。そのとおりだ」

「しかし……そうなるといろいろ支障が……」

ホステスとなると、玄関口で招待客全員を迎えて挨拶をしなくてはならない。

親戚から会社関係まですべての人間に顔をさらしたうえに、それなりの会話力が必要とされる。

日本人ばかりではないから語学能力も必要だし、各方面に関する知識も。

おまけに、親睦会後半ではホールに小楽団が入って社交ダンスまで行われる。

それらすべてに、苦学生上がりの佳乃が対応できるとは到底思えなかった。

「未熟なことはわかっている。とりあえず今回は、私の横に立たせておくだけでいい。時期を見ていろいろ教えていけば、秋の親睦会までにはもう少し格好がつくだろう」

「それでしたら、秋からにされてはいかがですか？　この状態では谷本も気の毒です」

「早く慣れさせた方がいい」

「慣れるとお思いですか？」

「できると思っているから言っている。いいから準備をしてくれ」

「かしこまりました」

やれやれ……可哀想に……。宮野は話を聞いた佳乃が、逃亡を図らないことだけを祈った。

†

「……ありえない‼」

案の定、佳乃は絶叫した。

「何考えてるんですか⁉　原島家の親睦会ってそんなチープなものだったんですか？　違いますよね？　そうそうたるメンバーだって聞いてますよ。なんでそんなところで、私ごときが表看板張らなくちゃならないんですか‼　絶対嫌です‼」

それはそうだろう。誰だってそう思う。言っている宮野とて佳乃が気の毒でならない。けれど、この原島邸において俊紀の言葉は絶対である。

俊紀がこうしろと言ったらそれを拒否できる者はいない。

この娘はきっと、そうした大きなパーティに出たことなどないだろうし、英会話だって怪しいに違いない。それでも主《あるじ》の指示は絶対だ。

「とりあえず明朝、スタイリストとダンス教師が参ります。付け焼き刃は百も承知ですが、なんとか形をつけてください。挨拶や会話は俊紀様にお任せしておけば大丈夫です」

「大丈夫なわけがないでしょう。招待客はまずホステスに声をかけるんですよ？　それに全部に無言の微笑みで対応しろって言うんですか？　一日でダンス三種目こなせと？」

「……よくご存じですね……ですがここは日本です。ダンスはワルツで十分」

宮野は思いの外、佳乃の造詣《ぞうけい》が深いことに驚いた。

玄関ホールで客を迎えたホストに、ホステスより先に声をかけるのはタブーである。ただ、日本でそのマナーをきちんと知っている者は少ない。また、舞踏会ではワルツを始めとする複数あるステップの中から、最低三種のダンスが求められる。

佳乃はどこでそれを学んだのだろう。

この娘、意外とあなどれない。主はどこまで把握しているのか。

それが宮野の感想だった。

†

翌朝、焦燥しきった佳乃の恨めしげな視線をよそに、俊紀は朝からご機嫌だった。

「おい夜食係。今日はなかなか大変そうな一日だな。精々がんばれよ」

「なんでそんなに嬉しそうなんですか？」

実はあんたサドだろう、という言葉はかろうじて呑み込んだ。

「いやいや、夜食係が夜会係に出世だなと思って」

「申し訳ありませんが、全く嬉しくありません！」

「いいじゃないか。楽しいぞきっと」

そりゃ、あなたは楽しいでしょうよ。

朝からしっかり食事をとって食堂を出ていく俊紀の背中に、佳乃はあかんべーと舌を出した。それを見て宮野が吹き出しそうになっている。

皆さん楽しそうな一日の始まりで誠に結構ですね、であった。


「どういったものがお好みですか？」

年の頃なら四十二、三歳、しっとりと落ち着いたショートボブのスタイリストはそう尋ねる。

「お好みはありません。何でもいいし、どうでもいいです」

そうふてくされる佳乃に、彼女は笑う。

「原島家の親睦会に出席できるなんて、うらやましい限りですわ。いったいどれぐらいの若い女性が出席したがってるとお思いです？」

「誰でもいいから代わって差し上げます。何なら、門前《もんぜん》さん出られたらいかがです？」

門前望《のぞみ》という名のスタイリストはさらに笑う。

「原島様が私ごときを隣に立たせるわけがございません。第一、夫が怒ります」

「結婚されてるんですか……それはご主人がお怒りになりますね」

門前は、年齢から察して当然既婚者であるはず、というありがちな思いこみをしない佳乃に好感を抱いた。

「それにしても、この家で女性のコーディネイトをさせていただくのは久しぶりです。和子様以来のことですわ」

と、彼女は彼女でこれまた嬉しそうである。

みんな何がそんなに嬉しいのだ……と佳乃のふくれっ面はますますひどくなる。

全く好みを主張せず、終始乗り気ではない態度の佳乃をなだめすかし、門前は数パターンのドレスを選び出す。

どれもさぞかし名のあるデザイナーによる一点物なのだろう。

私に着られてしまうなんて、なんて気の毒！　と相変わらず佳乃は不機嫌である。

結局、門前の独断でスカイブルーのロングドレスに決まった。パーティホールの壁は真っ白なのでよく目立つだろうし、タキシード姿の主《あるじ》の横に立っても見劣りしない。

「俊紀様の背がお高いので少しヒールの高い靴になりますが、大丈夫でしょうか？」

と彼女が取り出したのは、七センチのシルバーピンヒールだった。

「大丈夫じゃなかったらどうなるんですか？」

「大丈夫になるまで履いて慣れていただきます」

ここにも鬼がいた……

どうしてこの家に関わる人間は、どいつもこいつもこうなんだ！

と本日何度目かの心中絶叫をかまして、佳乃は靴に足を入れる。

「なんだ……全然大丈夫じゃないですか」

意外そうに門前が言った。

佳乃の運動神経は抜群である。バランス感覚も天性の物がある。七センチはおろか九センチのピンヒールでもよろけたことなどない。

そしてその運動神経は、ダンス教師にも舌を巻かせることになった。

基本ステップをいくつか披露し、見よう見まねでいいのでやってみるように言われた佳乃は、見事なまでにそのステップを再現した。

「経験あるでしょう？」

あるわけがない。佳乃は学生時代柔道一筋だ。当然、佳乃の足は大外刈《おおそとが》り仕様、ワルツのステップが踏めたのは、単に記憶力と運動神経のなせる業《わざ》に過ぎない。

普通の人間なら覚えるのに半月はかかると言われる社交ダンスの基本ステップを、佳乃は三時間でものにした。

「真剣に社交ダンスをやられたらコンテストで入賞できますよ」

ダンス教師の矢島《やじま》はそう言って褒めそやした。

なるほど鞭《むち》より飴。でも飴もあまり甘すぎると上品さに欠ける……

佳乃はそんなことを思いながらワルツのステップを繰り返す。

少なくとも先ほどの着せ替え人形状態よりは楽しいと感じた。


「で……どんな具合だ？」

午前二時に帰宅した俊紀は、ネクタイを外すよりも先に宮野に尋ねた。

佳乃の様子が気になってならないらしい。

「矢島が引き抜きにかかりました」

「三時間で完璧にワルツを身につけました。手元で仕込んでコンクールに出してみたいと」

「なに……？」

「今度そんな考えを持ったら出入り禁止にすると伝えろ」

「もちろんでございます」

「門前の方は？」

「谷本本人が乗り気ではないのが惜しいほどに」

「なんとかなりそうか？」

「ご心配には及びません、と申し上げておきましょう」

ドレスからアクセサリーまで一式身につけた姿を見たら、俊紀は絶句するだろう。宮野ですら息をのんだぐらいである。

普段身なりにかまわないだけで、佳乃はスタイルもいいし、背丈もそれなりにある。顔立ちもすっきりとして嫌みがない。これで当日メーキャップアーティストの一人もあてがえば、かなりの美人が出来上がるはずである。

これは掘り出し物だ……と宮野は思った。

第四章　夜食係の変身

親睦会当日は見事な晴天であった。

いっそ土砂降りにでもならないか、という期待は見事に裏切られ、朝からてんやわんやの屋敷内で、佳乃は一人蚊帳《かや》の外《そと》だ。

予定どおり図書室にこもりきりではあるが、予想とはほど遠い状況で、招待客リストと写真を照らし合わせて、一人でもたくさん覚えようと必死になっている。

親族はすでに覚えた。似たような顔ばかりだったが何とか特徴をつかみ、決して口に出せないようなあだ名を付けて覚える、というやり方である。

例えば俊紀の母方の叔父野島淳二《のじまじゅんじ》は、頭頂部のみ、かなり寂しいことになっている。

もちろん彼のあだ名は「ザビエル淳二」である。

俊紀本人への怒りを全部親戚にばらまいたようなひどいあだ名が写真のコピーに書き込まれ、記憶された。

残りの五十名は仕事関係なので覚えなくてもいいと俊紀は言ったが、そうもいかない。

幸い有名人ばかりなのでマスコミ露出度が高く、写真も入手しやすかった。

ぶつぶつと名前を呟き、ようやく頭に入れたと思った頃には、午後二時を大きく回っていた。やれやれと思ったところへ宮野が声をかけに来た。

「四時には門前がきます。それまでに何かおなかに入れておかないと持ちませんよ」

そういえば昼も食べていない。かといって厨房《ちゅうぼう》は上を下への大騒ぎだろう。

「今から書斎で俊紀様が軽食を召し上がります。ご一緒にどうぞ」

けっこうです、とはねつけたかった。

けれど記憶するのに脳を使ったせいか、おなかの虫が大騒ぎしている。このまま親睦会に突入したら、玄関ホールで笑顔が引きつるだろう。背に腹は替えられない。

書斎に入ると、確かにそこでは主《あるじ》がリスト片手にサンドイッチをつまんでいた。

当日欠席者ゼロ。見事なものである。原島家親睦会には、誰もが万障繰り合わせてご出席というわけだ。


「きたか」

「頭を使うとおなかがすくんです。いただいてよろしいですか?」

「もちろん。しっかり食べておけ」

品が届くかもしれません！」

半泣きになって言いつのる佳乃に、門前は爆笑した。全損っていったい何なのだ。

「俊紀様があなたを全損させるわけないじゃないですか」

「いーえ、あの人が一番やりかねません。へましたらその場で成敗されそうです！」

なんだろう、この不思議な娘は……と門前は思う。

日頃、あちこちのお嬢様方のコーディネイトを請け負っているが、こんなタイプは初めてである。

自分の姿を鏡に映して見ているはずなのに、その完成度に全く興味がないらしい。

言っては何だが、ここ数年の仕事で一番といえるほどの出来である。

普通なら、ここまで着飾れば「これがわたし？」とハートを三つぐらい散らして鏡に見入るはずだ。あるいは、原島俊紀の隣に並ぶことを考えてどきどきするとか……

少なくともへまをして成敗される心配などする場面ではないはずだ。

半泣きのわりに姿勢は揺るぎなく美しいし、七センチのヒールで自由に行ったり来たりしている。

よほど慣れていない限り、ロングドレスの装いで、こんなに自然に動けるものではない。

本当にわけがわからない……と首を振っていると、宮野が呼びに来た。

「お急ぎください。そろそろお客様が到着されます」

「用意はできています。お連れください」

と門前が支度室のドアを開けて宮野を迎え入れる。

「私は犬じゃない！」

佳乃はきゃんきゃん吠えている。

やっぱり犬じゃないの……と門前は思う。

宮野は仕上がりに驚嘆しながら佳乃に玄関ホールへ行くように指示し、門前を賛美した。

「お見事です」

だが、門前はあまり嬉しそうではない。

「あれは私の腕と言うよりも素材の良さね。久々の逸材だったわ。またあの子をいじれる機会があるといいけど……」

「まず間違いなくあるでしょう」

やけに自信ありげに宮野が言い、二人は階段を駆け下りていく佳乃を見送った。

誰かが走ってくる……

俊紀は、玄関ホールで足音を耳にしながらも、それが佳乃だとは思いもしなかった。ロングドレスにハイヒールで走る女がいるはずがない。

しかし、長い廊下をアスリートさながらに疾走してきたのは、紛れもなく佳乃だった。

「その格好でよく走れるな」

二階の支度室から走ってきたとしたら、相当な距離であったはずだが、息も切らしていない。

「宮野さんに急げと言われました」

「急げと走れは違う」

「でも……」

「ああもういい。とにかくその格好では走るな。しかし……」

俊紀は言葉を切って、改めて佳乃の姿を見回した。

「化けたものだな……」

「門前さんがすごいだけです。さすがにプロですよね」

「いくらプロでも、ここまでにしようと思ったら素材が悪くては無理だ」

「それは褒めていただいているんでしょうか？」

「褒めているように聞こえないか？」

「あんまり……」

そう言って少しふくれる佳乃を見て、俊紀は笑った。

そうして、原島邸に最初に到着したザビエル淳二、もとい、野島淳二夫妻は、滅多に見ない自然な笑顔の甥に迎えられることになった。


親睦会は午後六時開始であるが、例年、親族のほとんどは五時過ぎに到着する。

彼らは一様に、とりわけ女性は、俊紀が当主の座について以来空席だったホステスの位置に立つ佳乃を、あからさまな好奇の目で見つめた。

「こちらはどなたかしら？」

ストレートに質問したのは俊紀の母方の叔母、神尾京子《かみおきょうこ》。

親族なればこそマナーも無視である。

新参の夜食係にございます、と言い放ってみたかったが、真横から俊紀に蹴りを入れられそうだった。仕方なく、

「四月からこちらで働かせていただいております、谷本でございます。京子様、ようこそお越しくださいました。いつものお部屋にキールが冷えております。まずは一休みなさってください」

と、それはもう鉄壁の笑顔で答える。

キールは彼女の大好物だ。

それを飲んでも興味が冷めなければ、後は俊紀が好きにつっこまれればよい。

「あら……ありがとう」

京子はそう言うと、夫の洋介《ようすけ》とともに、控え室となっている談話室に消えていった。

そんな調子で親族四十七名を迎え入れると、次は仕事関係の人間が到着する。

「いらっしゃいませ。ようこそ」

という言葉を何度繰り返しただろう。佳乃がいい加減飽きてきた頃、外国勢が登場した。

対応は当然英語。

ウエルカムアンドアイムグラッドツーシーユーと心の中でカタカナで歌いながらも、口をつくのはなめらかな英語だった。

どう見ても英語圏じゃないだろう、と思うような外国人もいたが、原島邸公用語は英語らしかった。

佳乃は気づいていなかった。英語の会話の中に幾つかのドイツ語やフランス語の常套句《じょうとうく》が混じっていたにもかかわらず、難なく返答してしまった自分と、隣できらりと目を光らせた主《あるじ》に……

招待客九十七名はつつがなく到着した。

いや、実際には九十八名である。なぜか外国人の少女が一人増えている。

聞くとはなしに聞いた説明では、手配していたベビーシッターが急に来られなくなり、ドイツ語のできる他のシッターの手配がつかず、やむなくつれてきたらしい。

両親は非常に申し訳ないと言っていたが、子ども本人にも申し訳ないことである。

外国人の大人ばかりのところにつれてこられて、おとなしくしていることを強いられるなんて気の毒もいいところだ。

到着三十分で既に泣きそうになっている。

佳乃は、私と一緒に逃げ出そうか？　と声をかけたくなった。

もちろん、少女はよくても、佳乃自身はそんなことをしたら即成敗であろう。

隣に立つ男は、濡れ羽色のタキシード姿も麗《うるわ》しく、既婚未婚を問わず、親族含めその場の女性の視線を一人占めにしている。

おかげで隣に立っている佳乃に刺さる視線の痛いこと痛いこと……

やってられない、とはこのことである。

昨年まで一人で立っていたのなら、今年も一人で立っていられたはず。何を好きこのんで夜食係をホステスにするのか理解に苦しむ。

けれど、そう思うのは佳乃一人であって、宮野を始め原島邸の面々は、給士係を含めて総勢百二十名以上が集まる広間を動き回りながら、あちこちで客と自然に会話を交わす佳乃に見惚《みほ》れていた。非の打ち所のないホステスぶりである。

「きれい……ですよね。彼女」

松木が山本に囁《ささや》く。

「ああ。もともと不細工ではないと思っていたけど、見事なもんだ」

「だいたいあのメンツの中に入って、平気でいられるっていうのもすごいです」

「だよな……。気後れしないのかな。言葉も平気そうだし……」

何語で話しているのか遠目ではわからない。けれど佳乃は、外国人とすら何らかの方法でコミュニケーションを取り、何分かに一度は相手を爆笑させている。

こんなに笑う外国人たちを見るのは初めてである。

ただ一つ気になるのは、微妙に俊紀に近寄らないようにしていることだ。きっと女性客を気にしているのだろう。

パーティ慣れした者ばかりなので、客たちはあちこち動く。もちろん俊紀も。その俊紀の動きと佳乃の動きが、見事なぐらい等間隔で同じ方向に動いている。

俊紀の方は時々佳乃の様子を窺《うかが》っているが、佳乃は主《あるじ》を見もしない。

それでいて、俊紀が近づく気配があると上手にその場を離れていく。

給仕をしながら見ていた宮野はおもしろくて仕方がなかった。

「あまり離れているとかえって不自然ですよ」

宮野はすれ違いざまに囁《ささや》き、ぎくっと首をすくめた佳乃に、さらに追い打ちをかける。

「まあ、どのみちもうすぐ楽団が入ります。最初のダンスはホストカップルの仕事ですから」

それがあったか……。隣に立っているだけでお嬢様方の視線に殺されそうだったのに、彼と踊ったりしたら即身成仏させられかねない。

「なんとか逃げられないものでしょうか？」

楽団準備のために客が談話室に移動した隙に、佳乃は宮野に縋《すが》りつく。

「無理です。矢島が泣きますよ」

「いや、矢島さん来てないし……代わりに踊りたい人いっぱいいるでしょう？」

「俊紀様と踊りたいお嬢様はたくさんいるでしょうね」

「だったら……」

「ホストがホステスと踊らない限り、他に誰も踊れません。それはご存じでしょう?」

「ご存じですとも……。だけどこんなに視線が痛いなんて反則です。第一、去年までは
どうしていたんですか?」

誰かが俊紀と踊らなければならない。だが、それはホステスではなかったはずだ。

しかし、その一縷《いちる》の望みも宮野の一言で粉砕された。

「俊紀様がホストになられてから、楽団が入ったのは今回が初めてです」

だからこんなに女性の視線が痛いのか……。

これまで一切チャンスがなかったのに、今回の親睦会では俊紀と踊れる可能性がある。

それでは女性客が増えるのも、ドタキャンが出ないのも納得だ。

万事休す……だが、俊紀と佳乃が踊らねば始まらぬのなら、それは致し方のないこと
である。

皆様、ミスキャストは重々承知の上です、諦めてください。

宮野が慇懃《いんぎん》無礼《ぶれい》にお辞儀をしながら言う。

「ではいってらっしゃいませ。まちがっても俊紀様の足など踏みしめませんように」

七センチのピンヒールで踏みつけたら、さぞかし気持ちがよかろうが、反撃が怖い。

柔道一筋の私が何をやっているのだろう……

それが目の前にいる俊紀を見て思った最初の感想であった。

同じ組むでも柔道とダンスでは大違い。もちろん佳乃の場合、どうせ俊紀と組むなら柔道の方が喜ばしい。

「大外刈《おおそとが》りとか、やめてくれよ」

なぜわかる。とっさに目を上げると俊紀の視線とぶつかり、佳乃はしまったと思う。

「図星か」

「やりませんよ。こんなかっこで」

「それはよかった。それにしても、矢島には聞いていたが随分上手いな」

自分が上手いのかどうかわかるほど場数を踏んではいない。

だが、プロの矢島と比べても遜色《そんしょく》ないほど俊紀のリードが巧《たく》みなことはわかった。

これはかなり遊んでいるな……と思う。

それとも社交ダンス部にでもいたのだろうか……。あるいは英才教育で三歳の頃からたたき込まれたとか？

佳乃が、ワルツを踊る三歳の原島俊紀を想像して笑っているうちに、なんとか曲が終了した。

周囲から拍手がわき、あちこちでダンスが始まる。

やれやれお役ご免である。一休みしてこよう、と佳乃はパーティルームを後にした。

第五章　空腹少女

山本に頼んで少し座らせてもらおうと厨房《ちゅうぼう》に向かう途中、佳乃は子どもの泣き声を聞いた。

この家にいる子どもといえば、あの少女だけである。

声のする方に向かうと、階段のところに座り込んで少女が泣いていた。

「どうしたの？」

反応がない。

日本語がわからないのかと思って、同じことを英語で尋ねても無反応。

これは困った……この子の親はどこにいるのだろう。

確かドイツ人の夫婦だったが……。佳乃は仕方なく質問を重ねようとした。

「Was……」

「あら……なにやっているの？」

そこにやってきたのは門前だった。佳乃はとっさに開きかけた口を閉じた。

彼女は佳乃のスタイリストとして、親睦会が終わるまで原島邸に待機している。親睦会には出席しないが、会場以外なら邸内で自由に過ごすことを許されていた。

「子どもが泣いてるんですけど……」

「あら起きちゃったのね。さっき眠そうにしていたから、客間のベッドに寝かせたらしいわよ。お父さんの方は俊紀様と打ち合わせ中だと思うわ」

「商談？　だって今ダンスタイム……」

「あなたと踊った後、さっさと書斎に入ってしまったわ。今戻ったらあなた、お嬢様方に大変な目に遭わされるわよ」

「最悪……で、お母さんの方は？」

「具合が悪くなって、これまた別室でお休み中」

ドイツ人少女大ピンチである。言葉もわからず、父も母もおらず……

「えーっと……とりあえず……ご飯は食べたの？」

もちろん通じるわけがない。かろうじて泣きやんだものの、少女はじっと佳乃を見るだけだ。

「まったく喜ばしくない状況だわね、お互いに。おいで！」

お嬢様は厨房《ちゅうぼう》でお預かりいたします、と少女の父に伝言を頼み、佳乃は少女の手を引いて厨房に向かう。少女は歩きながらやっと口を開いた。

「Ich habe Hunger……」（おなかすいた……）

やっぱりですかい……はらへり少女と佳乃は山本のところに急いだ。

「Was moechtest du essen?」（何食べたい？）

ドイツ語も巧《たく》みらしい万能シェフ山本が聞くと、少女は小さな声で答えた。

「Pommes……」（ポメス……）

山本と松木が首をかしげる。

「ポメスって何だろう？」

しかし佳乃は平然と聞き返した。

「mit Ketchup oder Mayo?」（ケチャップとマヨネーズ、どっちつける？）

「Beides, bitte」（両方）

わはは……と笑いながら佳乃は山本に頼んだ。

「フライドポテトにケチャップとマヨネーズをつけてやってください」

「マヨネーズ⁉」

「ドイツでは普通ですよ。マクドナルドに行っても、ポテトにマヨネーズがついてきます」

そう……世界中の子どもは芋のフライを愛している。

そしてマヨネーズとケチャップは子どもたちの友達だ。

大急ぎで、刻んだジャガイモをフライにして、あっという間に皿に盛り上げた山本は、手作りではなく、佳乃が使う既製のマヨネーズを取り出した。

佳乃は、横からそのマヨネーズを取り上げてボールに入れると、砂糖を少し加えた。

「甘いんですよ、あっちのマヨネーズって」

怪訝《けげん》な顔をする山本に説明する。

そしてケチャップとともに盛大に絞りかけて少女に与えた。

はらへり少女大喜び。

さらに佳乃は大きなグラスにコーラとオレンジジュースを混ぜ合わせ、同じく少女の前に置いた。

再び少女大喜び。

「なんですか、これ？」

気味悪い濁り具合に松木が尋ねる。

「スペッチィっていう飲み物。コーラのオレンジジュース割り」

「おいしいんですか？」

「慣れると癖になりますよ。本当はオレンジソーダで割るんですけどね」

山盛りフライドポテトとオレンジコーラで少女がご機嫌になった頃、門前につれられた父親があわてたように駆け込んできた。どうやら打ち合わせは終わったらしい。

「お世話になりました」

達者な日本語で礼を言い、パーティルームへ戻ろうとした親子を佳乃が引き留めた。

「お嬢さん、こちらで寝かせましょうか？」

時刻は既に午後十時過ぎ。小さな子どもにとっては起きているのがつらい時間だし、そもそもパーティに参加してもおもしろくも何ともないだろう。

母親が休んでいる部屋に連れていって、一緒に寝かせた方がいい。

「お願いできますか？」

パーティに戻らずにすむ口実ができるならそれは、こちらこそお願いします、である。

再び手をつなぎ、佳乃は少女を母親の休む客室に連れていった。

「ほら、マミーはここだよ」

そう言って部屋の中に入ると、母親が気づいて少女を呼んだ。

「エレナ……」

おお……君の名はエレナ、佳乃は古い映画並みの呟きを漏らす。

室内は暖房が入っていて快適である。

少女の寝間着がどこにあるかわからないし、探すのも面倒だったので、かわいいドレスだけ脱がせて、下着姿のエレナを母親の横に入れてやった。

歯磨きは勘弁してあげる、ママと寝なさい。

「Danke……」（ありがとう）

かわいい声でそう言うと、エレナはあっという間に眠りに落ちた。

ビテビテと呟き、二人を残して佳乃は部屋を出た。

朝まで寝れば二人ともご機嫌になることであろう。


「お疲れさまでした」

厨房《ちゅうぼう》に戻った佳乃を松木がねぎらってくれた。しかし山本は早速追及する。

「ドイツにいたことでも？」

「……座学です」

ぶっきらぼうに彼女は答える。痛恨のエラーでも犯したような表情で……

佳乃が口にしたのはわずか一言二言の単語。

けれど、それは紛れもなく本場のドイツ語であり、そこで暮らしたことがある人間だけが使える言い回しであった。

ただ本を読んだり、人から聞いたりしただけではドイツのマヨネーズが甘いことなど知り得ない。ましてやコーラをオレンジジュースで割ることなど……

ただ、佳乃の顔を見る限り、それはあまり触れられたくないことのようだ。宮野や俊紀に報告するかどうか判断に困る山本であった。

パーティルームからは依然としてワルツが聞えてくる。

ホストはちゃんと職務を果たしているのだろうか……

佳乃は深夜のスナックを用意する山本を見ながら、ぼんやり考えていた。

まさか、その気満々のご令嬢を軒並《のきな》み袖にしてはいないだろうな……。このまま親睦会が終わるまで、ここに潜っているわけにはいかないだろうか……

しかし残念なことに、十分もしないうちに宮野が呼びに来た。

「そろそろ会場にお戻りください」

「えー、やっと座れたのに……」

「椅子は会場にもございます。お客様のお相手を……」

「ホストは？」

「和子様につかまっておられます」

それでは他の客は放置状態である。

この騒ぎがいつまで続くのか知らないが、とにかく戻った方がよさそうだと判断して佳乃は渋々パーティルームに向かった。

そっとドアを開けて部屋に入った途端、向こうの端にいる俊紀と目が合った。

何処《どこ》に行っていた、と目が責めている。

あれはあれで一番小さいお客様のおもてなしだ。職務怠慢を責められるほどでもあるまいに……。

俊紀は母親につかまっていた。傍らにいるのは城島塔子《じょうじまとうこ》。株式会社原島のメインバンクである東都《とうと》銀行頭取の娘で、俊紀の妻候補ナンバーワンという噂である。

ぶつけてくる視線の強さから考えるに、佳乃の存在が相当気に障っているらしい。あ、もう迷惑極まりない……。

部屋の中では、相変わらず色とりどりのドレスとタキシードが優雅に舞っている。

戻ってきた佳乃をめざとく見つけた客たちから誘いの声をかけられ、何人かの客と立て続けに踊る羽目になった。小一時間断続的に踊り続けてさすがに疲れてきた頃、さらに声をかけられた。


「一曲お相手願えますか?」

「せっかくですが……少し足を休めたいので……」


そう言いながら振り返ると、それはなんと原島孝史だった。

主《あるじ》の父を袖にする度胸はない。やむを得ず、佳乃は再びフロアに出た。

「俊紀はどこから貴女のような方を見つけてきたのかな?」

まさに俊紀が三十ぐらい年を取ったらこうなるだろう、という風貌の先代当主は言った。身長は若干俊紀より低いが、佇《たたず》まいがそっくりである。

「どこからも見つけていません。単に厨房《ちゅうぼう》の床を磨いていただけです」

佳乃は、最低限失礼にならないぐらいのそっけなさで答えた。

「それがなぜ親睦会のホステスを務めることに?」

「それは私がお聞きしたいぐらいです。他になり手はいくらでもいらっしゃるでしょうに」

「確かに。だが実際に俊紀の隣に立ったのは貴女だ。興味深いことに」

そう言うと原島孝史は上から下まで佳乃を見回した。

タイミングよくターンを決めた佳乃は嫌みたっぷりに言う。

「後ろもじっくりご覧くださいまし。別に珍しいところはございませんけど」

孝史は破顔一笑した。

「なるほど……よくわかった」

何がわかったのかは知らないが、そこでちょうど曲が終わり、俊紀の声がした。

「そろそろラストダンスです。私のパートナーを返してください」

言うが早いか、孝史の腕の中にいた佳乃をぐいっと引き寄せる。

一瞬親子の視線がぶつかり、原島孝史が意味ありげに笑う。

さらに、彼のすぐ後ろに城島塔子がいた。この視線がレーザーならば佳乃は既に死んでいる。佳乃は慌てて言った。

「申し訳ありません。踊り疲れました。これ以上踊れません。ラストダンスは塔子様にお願いしてもよろしいでしょうか？」

当然、といった顔で鷹揚《おうよう》に塔子は頷いた。

そのとき、こともあろうに俊紀が佳乃の足を踏みつけようとした。佳乃は反射的に一歩飛び下がる。

この大男にむき出しの足なんぞ踏まれたら骨折間違いなしだ。

にやり……と極めて意地の悪い顔で俊紀が笑った。

「それだけ軽く飛び下がれるなら一曲ぐらい踊れるだろう」

「なっ……!?」

してやられた。なんと狡猾《こうかつ》な男だろうと佳乃は歯噛みする。

時刻は午前零時。閉会時刻である。

ホストカップルのために空けられた中央スペースに、無理矢理引っ張っていかれ、ラストダンスが始まった。

「悪魔」

悔し紛れにそうつぶやくと、俊紀は豪快に笑った。

「私を謀《たばか》ろうなんて百年早い」

「塔子様の視線で背中がやけそうです」

「放っておけ。ホストと踊るのはホステスの特権だ」

「特権には行使しないという選択肢もあるはずです。一度ぐらい塔子様と踊られたんでしょうね？」

「踊るものか」

なんだとー‼　それはホストとして明らかに失格だろう、と佳乃は思う。

だが俊紀には俊紀なりの理屈があるらしい。

「他の客とは踊った。少なくとも既婚四十歳以上とは踊った」

「貴方と踊りたがっているのは未婚のお嬢様方のはずでは？」

「そこは危険地帯だ。下手に期待されても困る」

ありえないだろう。彼女たちがいったい誰のためにあんなに着飾っていると思っているのだ。せめて一曲踊ってやるぐらいすればいいではないか。何のための親睦会だ。

言いたい文句は山ほどあったが、どれもこの男相手では効果はなさそうである。

佳乃は、呑み込んだ罵詈雑言《ばりぞうごん》で胃潰瘍《いかいよう》になりそうだった。

できうる限りの優美さをもってラストダンスを踊り終えた佳乃は、玄関ホールで客たちを見送った。

ほとんどの客は帰宅するが、原島邸に宿泊する客もいる。

俊紀の両親と野島淳二夫妻、和子の妹である、神尾洋介、京子夫妻。

急遽《きゅうきょ》泊まることになったエレナとその両親、そして城島塔子と両親の城島陸也《りくや》、麻里《まり》夫妻。

以上が本日の宿泊客であった。

ただし、親睦会が終わった以上、これらの滞在者の面倒をみるのは、宮野をはじめとする佳乃以外の使用人たちである。

最後の客の車が原島邸の車寄せから走り去ると、佳乃は速攻で支度室に戻った。

「もう脱いでしまっていいんですよね？」

待ち受けていた門前に確認する。

「そんなに慌てなくてもいいじゃない。せっかく綺麗なんだからもう少し着ていたら？」

「もう十分です。背中寒いし」

確かに四月末とはいえ夜中の一時ともなると冷えてくる。

だったら誰かに暖めてもらえば？　例えば俊紀様とか……と門前は軽口をたたきそうになったが、この娘相手にそんなことを言ったら投げ飛ばされそうな気がしてやめにした。

ただでさえ、ラストダンスの一件で沸点が下がっていると聞いた。これはもちろん会場にいた宮野からの報告である。とにかくこれ以上刺激しない方がいい。

でもまあ、この娘がいる限り、これからの原島邸のパーティは面白くなりそう……

門前は、ほくそ笑みながら佳乃が脱ぎ捨てた衣装やアクセサリーを片付けた。

†

二階の支度室から一階の自室に戻る途中、佳乃は宮野に出会った。

「皆さんもうお休みになりましたか？」

「いえ……談話室で飲み物を召し上がっておられます」

なんてタフなんだ……。どうりで今夜は山本も松木も泊まり込みになっているわけである。

きっと朝方まであれやこれやと飲み食いするのだろう。まるで大晦日《おおみそか》のようだ。

ある。

「谷本さんもお越しください」

「とんでもない。ご親族の集まりでしょうから遠慮しておきます」

「俊紀様がお呼びになっていますが……」

「えーっと……谷本は酔いつぶれたとでもお伝えください」

これ以上、好奇の目にさらされるなんてごめんである。

好奇だけならまだしも、中には明らかな敵意もある。

もうおなかいっぱい、それが正直な感想だった。

宮野は、佳乃の反応を半ば予想していたらしく、ではまあそういうことに……と曖昧に笑いながら佳乃を放免してくれた。やれやれである。

第六章　宴の後

翌日は朝から昨夜の後片付けで大わらわであった。

何百もの皿やグラスを磨いて仕舞うだけで丸一日かかる。

大勢の客が行き来した屋敷内は、隅々まで清掃が必要だし、床にはワックス掛けも必要だ。もちろんそれらはハウスクリーニング三田が行うことになっていたが、それまでの間にある程度は片付けなくてはならない。

こんな騒ぎが年に二、三回……？　なんて馬鹿馬鹿しい……と思いながら銀器を磨いていると食堂から子どもを叱る声がした。

「Nein!」（だめ）

どうやらエレナが母親に叱られているらしい。

ドイツ人は子どもに厳しいと聞くが、そのとおりなのだろう。それが何処《どこ》であっても叱るべきときは叱る。

それにしてもエレナは何を叱られているのだろう……。気になった佳乃は銀器をおいて食堂に行ってみた。

夜更かししていつ起きるともわからない客人のために、食堂にはビュッフェ形式で朝食が用意してあった。年寄りが多いのでメインは和食。アクシデントで急遽《きゅうきょ》宿泊したドイツ人への対応は皆無である。

それでも、父親の方は和食にも慣れているらしく、ご飯にみそ汁という食事で問題はなさそうだ。ここでも可哀想なのはエレナと母親で、見る物すべてが奇異に映って口にするのもいや、という感じだ。

なんでもこの一家、父親がこのたび株式会社原島ドイツ支社の支社長として着任することになり、日本という国の実状を知るために研修をかねて三ヶ月の予定で家族ともども日本を訪れたらしい。おそらく、普段の食生活は、パンとコーヒー、サラダにオムレツ、といった洋風のものに違いない。

そこに出てきたのがジャパニーズ定食。納豆、焼き海苔《のり》、塩からに梅干し。

さすがにそれは酷というものだろう。

「モーゲン、エレナ」

声をかけた佳乃を見て、エレナは首を傾げた。あまりにも昨夜と佇《たたず》まいが違うのだから当然である。

それでも、じっと顔を見つめるうちに昨夜の救世主だと気づいたらしく、にっこり笑った。銀髪の天然パーマに朝日が当たってとてもかわいい。

「昨夜はお世話になりました」

改めて父親が礼を言う。

クラウス・マイト。茶髪にグレーの目の典型的ゲルマン民族である。

母親はレーナ。銀髪にブラウンの目の、ドイツ人にしては線の細い女性だ。

「なにか他の物をお持ちしましょうか？」

と尋ねると、クラウスは困ったように言う。

「娘はメットが食べたいと……」

それは難問である……。メットというのは特殊加工した豚肉ミンチの生肉だ。

クラッカーやパンに載せて食べるのだが、日本で手に入る代物ではない。

きっとエレナはホームシックなのだ。日本に来てから一ヶ月近く経ち、子どもなりにストレスも感じているだろう。ドイツの食べ物が懐かしくなる頃でもある。

だが、さすがにメットは無理だ……ハムとかソーセージで勘弁してもらおうと厨房《ちゅうぼう》の巨大冷蔵庫を開けたとたんに目に入ってきたのはマグロの中トロ。

昨夜の親睦会に出した残りだろう。

なんだ……あるじゃない、メット。

佳乃は、タマネギを細かく細かく刻み、塩で揉み込んで辛みを抜いた後、叩いた中トロに混ぜ込み、黒こしょうと塩を盛大にふりかけた。それをガラスの器に盛り、スライスしたバゲットとともに食堂に運ぶ。

「エレナ～、ツヴィーベルメットだよ～」

エレナの目は、再び現れた救世主が持ってきたピンクの塊《かたまり》に釘付けである。

早速バゲットに載せて頬張っている。

「Sehr lecker!」（おいしい！）

これが生魚だと知ったら絶対食べないんだろうなあ……などと思いながら佳乃はエレ

ナを見守った。あるはずのない物がでてきて不審に思ったのか、クラウスが小声で聞く。

「まさか本物のメットではありませんよね？」

「日本で、生の豚肉を食べたら大変なことになります。ご心配なく、ツナです」

「ツナ？」

「中トロ、って召し上がったことありませんか？　夕べも出ていたはずですが」

ああ……とクラウスは納得した。

「マグロをたたいて挽肉《ひきにく》状にするとメットそっくりになります。そこにタマネギとスパイスを入れたら、ほとんどメットと見分けはつかないでしょう」

「確かに……いやよくぞまあ……」

あまりにおいしそうに娘が食べているので、気になったのだろう。クラウスもレーナも少し食べてみて言った。

「これはメットそのものです」

「ご機嫌が直ってよかったです。たくさん召し上がれ」

そう言うと佳乃は再び銀磨きに戻った。

昔、今と逆のことをやった。生魚が恋しくてメットをわさび醤油で食べたのである。ネギを刻んで混ぜ、海苔《のり》に巻いて食べたこともある。それなら、中トロをなんちゃってメットにすることだって可能に違いないと思ったわけだ。

「あの子から見たら谷本さんって天使かも……」

成り行きを見ていた松木が呟く。

何とも不思議な娘である。主《あるじ》が囲い込もうとする理由が何となくわかるような気がする。

どういう経歴の持ち主なのかがますます気になる。

本人は何一つ語ろうとしないが……

朝食を終え、両親とともにエレナは帰っていった。佳乃の両頬にかわいいキスを残して。

残るは原島一族と塔子たちであるが、俊紀はいつもどおりに出勤して、もういないので、これも程なく引き上げていくだろう。

明け方まで起きていたはずなのに、俊紀は時間どおりに食堂に現れたらしい。

下手に家にいてまた親族につかまるよりは、出勤して社長室のソファで寝転がっている方がましだと思ったのかもしれない。

今日は、泊まり込みのシェフが二人もいたので、佳乃は朝食の支度を免《まぬが》れ、給仕も宮野に頼んだ。昨夜下がった沸点は、まだ戻っていない。できる限り当主の顔は見たくなかった。

俊紀の方は、食堂に佳乃がいないのを見て早速所在を尋ねたそうだが、そこは宮野が適当にごまかしてくれたらしい。

あまりにも訳知り顔な宮野が気に入らないが、とにかく助かったことは確かである。

「おそらく今日は早めにお戻りになると思います」

宮野は佳乃にそう言った。

佳乃は昨夜の俊紀の呼び出しにも応えず、今朝も顔を見せていない。

夕べと今朝のエレナの件、あの堂々としたホステスぶり、問いつめたいことはたくさんあるだろう。主は何を放り出しても早々に帰宅するに違いない。

そんな宮野の不吉な予言どおり、俊紀はまたしても定時に帰宅した。

「夜食係は何処《どこ》に行った？」

帰るなり俊紀は宮野にそう尋ねた。小さく笑いながら、宮野は佳乃がいる図書室にやってきた。

「俊紀様がお帰りです。そろそろ落ち着いてお話しになれそうですか？」

「なれるわけないじゃないですか。急病だとでも言ってください」

「そろそろ限界でございます。夕食の給仕をお願いいたします」

「尋問されるのでしょうか？」

「それは谷本さん次第でしょうね」

さっさと泥を吐けば楽になれる、とでもいうのだろうか……

大体泥って何なのだ。私は別に犯罪者じゃない。


食堂には既に夕食がセッティングされていた。

昨日の飲食がかなり負担だったらしく、今日の夕食は軽めの和食になっている。

それでも焼き魚に副菜二品、汁物、水菓子は付いていたが、いずれも大盆にのせて定食提供スタイルである。

「このメニューなら給仕なんていらないでしょう」

と悪あがきをしてみたが、俊紀の目的が佳乃の尋問であるならば、その抵抗は無意味だ。その場に佳乃を待機させたまま、俊紀はあっという間に食べ終わった。

もっとよく噛んで味わえ。

佳乃は例によって心中で毒づく。

「味はわかってる。普通に美味い」

だからなぜ私の考えていることがわかるんだ……。本当に嫌な男である。

食後のほうじ茶を書斎に運ばせ、俊紀は本題に入った。

「で……？」

「なんでしょう？」

「とぼけるな。場馴れしすぎだ」

さらに、やはりと言うべきか当然と言うべきか、エレナの件も俊紀の耳に入っているらしい。

宮野だけでなく、山本、松木、そしてクラウス本人からも……

「それがなにか？」

「経歴詐称か？」

「別に詐称ではありません。聞かれませんでしたから」

「なるほど。では聞く。海外経験も接待経験もけっこうあるのだろう?」

「黙秘します」

「私が何処《どこ》にどれだけいようと、こちらの仕事とは関係ないでしょう」

「だろうな」

夜食係、あるいは管理人補佐。いずれにしても犯罪がらみでない限り、外国滞在歴を問われるような仕事ではない。

「お前は私の直轄だといったはずだ」

「それがなにか?」

「私の考え如何《いかん》でいかようにも使える」

「?」

「宮原《みやはら》仕立てのサラブレッドを、ただの夜食係にしておくことほど愚かなことはない」

調べたのか……それもわずか一日で。

では佳乃の両親が二人とも研究者であったこともわかっているはず。

母が、原島家ほどではないにせよ、それなりの旧家である宮原家の出であることも……

実は、佳乃は生粋《きっすい》のサラブレッドである。

幼い頃から父や母に連れられて外国を巡り、書家《しょか》である祖父母に、書道はもちろん茶道華道をはじめとする日本文化の指導を受けた。

護身術の柔道もその一つであるし、日舞の経験もある。あまりにあれこれやりすぎて受験勉強をする余裕がなく、結果として佳乃はいわゆるランク外の大学に進学したが、知識や潜在能力は高い。

そんな環境にありながら、いや、むしろそういった特殊環境だったからこそ、佳乃の両親が守り続けたのは「普通の暮らし」であり「普通の価値観」であった。

「今日あるお金や地位が明日もあるとは限らない。自分で生きていくために最低限必要なお金は、自分で稼げるようになりなさい」

それが父母の教えであった。だからこそ、学生時代からバイトに励み、父母が事故死した後も、何とか自活できたのである。

保険金を含めて、父母の残したものは決して少なくはない。遊んでいても佳乃一人ぐらい一生暮らしていけるだけの額がある。苦学生の仮面をかぶったお嬢様、とは佳乃のことである。もちろん、そんな事実は親友の朋香ですら知らない。

「原島邸管理人補佐は、本日をもって原島俊紀私設秘書に格上げだ。会社の方の仕事をしてもらう」

「横暴です」

「なんとでも言え」

「辞めさせていただきます」

「辞めてどうする？　お前を雇うところなどないぞ。何処《どこ》に行こうと私の電話一本でお前は首になる。お前の望むまっとうで普通な暮らしなど不可能だ」

絶句している佳乃に俊紀はさらに追い打ちをかける。

「前向きに考えれば、お前にとってこの仕事は非常に魅力的なはずだ。群がる蠅《はえ》を追い払うのに私ほど適した人間はいない。ここにいる限り、あらゆるものから守られるだろう」

つまり、長年佳乃につきまとっている問題も知っているというわけだ。

両親の死後、祖父母は佳乃を宮原家に戻そうと必死になっている。一人娘の遺児は宮原家の貴重な後継者である。

だがその道はひとりで気ままに暮らしたい佳乃の意志に反する。

確かに原島に守られている限り、彼らの脅威はない。いかに宮原家といえども現役で原島財閥を統括する俊紀の前では無力である。

ただ、そのかわりに佳乃は原島俊紀というさらなる脅威に晒《さら》される。

俊紀に比べれば、祖父母の要求をはねつけることなどたやすい。もう何年もそうしてきたのだから……。だが、佳乃は目の前にいる男の要求を拒む方法を見つけることができなかった。

「宮原家との関わりは他言無用です」

「了解した」

俊紀の尋問はそれで終わった。佳乃を手飼いにできれば、それ以外のことはどうでもよい。

佳乃がどういう出自であろうと、自分の管理下にいるのであればかまわないということらしかった。

「明日から私と一緒に出勤しろ。屋敷内の仕事は免除する。それから……」

彼は明日以降の業務について説明をしたあとにつけ加える。

「明日にでもお前の部屋はこの階に移動させておく」

「は⁉」

「当然だろう。連絡するのにいちいち下まで降りるのは面倒だ」

「内線も携帯もあるでしょう？」

「機械に頼りすぎはよくない」

俊紀が満足げに笑った。これまで、主《あるじ》と佳乃の部屋は、最も遠い位置にあった。その距離をあっけなく詰められた佳乃は不本意極まりない。

さらにその後、あらゆる意味で距離を詰められる生活が始まるなんて、そのときの佳乃は予想もしていなかった。

いい加減な休日

第一章　日常の風景

佳乃が原島邸に住み込んでから四年が過ぎた。

最初は少しずつ、そして一年を過ぎた頃から加速度的に佳乃の職務範囲は広がった。当初、株式会社原島にはれっきとした社長秘書が存在したが、それも丸二年が過ぎる頃には佳乃が兼務することとなり、佳乃は公私ともに俊紀の生活管理者となっていった。朝起きてから夜寝るまで佳乃の生活は俊紀とともにあり、それはよほどのことがない限り崩れることはなかった。

「私は基本的にはお休みはいただきません」

以前その言葉を宮野から聞いたときは半信半疑であったが、今や佳乃の生活も宮野と大差ないことになっている。

宮野と違い、原島邸の使用人管理までは職務域になかったので、理屈上は俊紀が出勤しないときには休むことが可能だった。しかしながら、実際は同じ屋根の下にいるので、あれこれと俊紀に呼び出されることが多く、休みらしい休みを取ったことなど数えるほどしかなかった。


「なんだかなー」

珍しく手の空いた土曜日の午後、佳乃は馴染みに馴染んだ厨房《ちゅうぼう》で、山本が夕食の支度をするのを見ながら呟いた。

「なにが？」

彼は鮮やかにジャガイモを剥《む》き上げ、ポトフ用に大きく切りながら返事をした。

「なんかこう……青春って何処《どこ》行ったのかなーって」

「青春……？」

そう言って山本は苦笑いをする。

「だって、ここに来てから五年、朝から晩まで社長の仏頂面ばっかり見てて、出会いとか全然ないんです。なんかもうちょっと、ときめくような出来事、あってもいいじゃないですか」

「まあ……そうかもしれないが、仏頂面って……別に俊紀様だって一日中機嫌が悪いわけでもないだろう?」

「他に人間がいなければ、ほぼ一日中機嫌悪いですよ。商談かなにかで誰かに会うときは、見事なぐらい営業スマイルを繰り出しますけど」

それはもうジキルとハイドか、というぐらい見事な表裏である。

何もしないでも相手が俊紀の威光にひれ伏しかねないというのに、その上あんな笑顔で迫られたら、何億の契約書でも即断で捺印してしまう。

もちろん、相手にとってもかなりの好条件の契約がほとんどなので、文句の出る話ではないのだが。さらに、帰宅した後でも、宮野を始めとして、どの使用人に対しても尊大な態度をとることはない。唯一の例外が佳乃である。

佳乃と二人きりになるやいなや、営業スマイルは鳴りを潜め、さっきまでそこにいた客のこき下ろしが始まる。そして契約のために抑えていた毒舌のすべてが、佳乃に向かって爆発するのである。

「それでも、貴女の立場と代わりたいという女性は少なくないだろうに」

と主《あるじ》贔屓《びいき》のシェフは言う。

結婚したい男ナンバーワンとしてあげられる原島俊紀に密着し続ける日々。

あらゆる女性の羨望の的であろう。

「名乗り出てくだされば今すぐ代わって差し上げます！　熨斗《のし》でも香典でもつけまくって」

「香典はないだろう」

「じゃ慰謝料？」

「なんでそうなるんだ……」

「とにかく、もうちょっと華やぎたいんですよ私だって。あーあ……誰か合コンでも誘ってくれないかなー」

「合コン⁉　それはまた極端な」

「誰が合コンに行くって？」

うわ……と佳乃は首をすくめた。それが嫌になるほど聞き慣れた主の声だったからだ。ついさっきまで国際電話で話していたはずなのに……

「電話、終わったんですか？」

「終わったからここにいる。それよりお前、合コンなんて行くのか？」

と俊紀は流してしまいたい話題を鷲《わし》づかみにする。

妙齢の女性ならコンパぐらい当然参加する。学生時代は佳乃にだってそういう機会があった。大学三年生の夏以降は、原島邸に呼び出されて中座した記憶しかないけれど……

「華やぎたいんだそうですよ、谷本さんは」

「しょっちゅう盛装でパーティに出ているじゃないか」

あなたの番犬としてね。再び佳乃は心の中で毒づく。

「仕事がらみじゃなくて、普通に……ですよ」

毒台詞《ゼリフ》を呑み込むのに忙しい佳乃に代わって、山本が答えてくれる。

「まあ谷本さんだって若い女性ですから、人並みにいろいろねえ？」

「なんですか、その言い方は」

谷本さんだって……ってあまりにひどくないか。

佳乃は思わず山本を睨《にら》む。全くこたえていない山本は、さらに言葉を重ねた。

「ま、たまには外に出してやってくださいよ」

お……なかなかいいことを言う。

確かに、佳乃に必要なのはプライベートなお出かけである。友達と会ったり、友達の友達と称する男と会ったり……まあ、いろいろ希望はある。あまり変な男と知り合いたくはないが、この際、一時しのぎでもないよりましだ。

「なるほど。外出か……よし、わかった。支度してこい」

「出かけていいんですか⁉」

思わず佳乃は勢いよく立ち上がって目を輝かせた。

だがその輝きは、次の一言を聞いて一瞬にして消滅した。

「見たい映画がある。夕方までなら時間があるから連れてってやる」

……それはちっとも私用じゃない……あなた様のお供です。

「なんだ不満か？　映画じゃなければ美術館にでも行くか？」

「どっちも結構です……」

「遠慮するな。こんな機会、滅多にないぞ」

「一生なくてもかまいません。今日は昼寝でもします」

そう言うと、佳乃は憤然と厨房《ちゅうぼう》を後にする。それを見送った俊紀も、笑いながら出ていった。

「俊紀様……もう少し上手にやらないと……」

山本があきれ顔で口にした言葉は、俊紀の耳には届かなかった。

佳乃と俊紀の関係は、宮野や山本から見ると少々じれったい。

二人が出会ったときに山本と宮野が感じた興味深さは、依然として継続している。

五年もの間、つかず離れず、というよりもついて離れず状態の俊紀。佳乃を一時でも手放したくないように、四六時中連れ歩く。

原島家親睦会で、俊紀の隣に立つのはもはや佳乃以外にあり得ない。

出張も商談も可能な限り佳乃を連れ回す。

だが、日を追うごとに明確になっているだろう彼女への想いを、主《あるじ》はもう随分長い間抑え込んでいた。

失うことを恐れるあまりの現状維持。

佳乃はあらゆる面で想像以上に有能でそつがない。どんな仕事も、佳乃に任せておけば問題なく遂行される。ごくまれに佳乃の手に余ることがあっても、本人はその見極めが非常に潔《いさぎよ》く、さっさとその問題についてのエキスパートを探し出して移管する。

佳乃を失うことは、今の俊紀にとって片腕どころか両腕をもがれるようなことであった。

不用意な色恋沙汰をしかけて、佳乃を失うことはできない。

それが俊紀の偽らざる本心であろう。

その俊紀の本意を、これっぽっちも理解しようとしないのが佳乃である。

出会い方が出会い方であったからなのか、そもそも二十一歳の学生だった佳乃にとって、三十歳で原島財閥を司《つかさど》る俊紀の存在は、おおよそそういった対象と考えられなかったからなのか……

一緒に仕事をすればするほど二人の主従関係が明確になっていった。

佳乃の内に、ふとした瞬間によぎる想いは、確かにあると山本は見ている。だがそれをかたくなに認めようとしない佳乃の心理もわかる。

女性を口説き落とすことなど朝飯前であろう俊紀が、九歳も年下の佳乃を攻めあぐねているのを見るのはそれなりに楽しいが、あまりにも時間がかかりすぎて、最近はむしろ心配になってきていた。

このまま行くと、佳乃は俊紀の心中にも自分の心中にも目を向けることなく、平和な華やぎやらときめきやらを求めて飛び出しかねない。

もっとも、それを俊紀が手を拱《こまね》いて見ているとも思えなかったが……

「ちょっと相談があるんだけど……今から出てこれない？」

†

朋香からそんな電話がかかってきたのは、その日の夜だった。

原島邸に住むようになってから四年、朋香と会うことはめっきり減った。

なにせ時間がない。いや、時間はあるはずなのだが、佳乃が出かけると俊紀がうるさい。

あれやこれやと言いつけられて、結果として出かけられない状況に陥《おちい》ったり、短時間で切り上げる羽目になってしまう。わざとやっているのかと疑うほどだ。

それでも、親友からそんな電話をもらったらなんとかせねばならない。

また、昼間のやりとりの後では佳乃にも意地というものがある。

今日こそ出かけてやる！　であった。

幸い、うるさい俊紀は大学時代の同窓会とやらで、夕方から外出している。

さすがに同窓会では佳乃を伴う理由がないので、佳乃は留守番だ。今のうちに出かけてしまえばいい。

そう思った佳乃は、夜にもかかわらず外出の支度をした。

「ちょっと出かけてきます」

宮野に声をかけると、意外そうな反応が返ってくる。

「今からですか？　もう八時を回りますが……」

「友人のところです。たぶん、帰りは明日になると思います」

「お泊まりですか？　俊紀様はご存じなのですか？」

いや、別に俊紀の許可はいらないだろう……。どっちにしても今日と明日は予定が入っていない。それに、俊紀自身が今夜は戻らないかもしれない。これを逃したら、今度いつ機会があるかわかったものではない。

「一応お知らせしておいたほうが……」

と渋る宮野を振り切って、佳乃は意気揚々《いきようよう》と原島邸を後にした。

朋香との待ち合わせは六本木。かの有名な蜘蛛のオブジェは、夜ともなればさらにシュールである。巨大蜘蛛の足の下で再会した二人は、そのままヒルズ内のカフェに入った。

「ほんっと、久しぶりだね！」

朋香は皮肉たっぷりの口調でそう言う。

これまでも、誘いを受けたものの結局間際になってキャンセルしたことが幾度もあった。

彼女が皮肉っぽくなるのも無理はない。

「ごめん。何かと忙しくて……」

「でしょうね。原島財閥総裁のご多忙ぶりはあちこちで耳にしておりますとも。むしろよく今日の今日で出てこられたと思うわ」

今日の今日だったから可能だったのかもしれない。

前もって予定して確認などするからあれこれ言われてしまうのだ。今日のように、俊紀が知らない間に出てきてしまえば、うるさいことを言われずにすむ。

これからはこの手に限る、このときは確かにそう思ったのだが……

「で、相談事って？」

「ああ……それは口実。そうでも言わないと、私の優先順位がご主人様より上に来ることなんてないでしょ？」

「そんなこと……」

「あるわよ。骨の髄《ずい》まで俊紀様のお望みは絶対、っていうのが染みついてるみたい」

「確かにね……でもそんなに理不尽なことは言わないし……」

五年間、ほとんど友人にも会わず、個人的な旅行にも行かず、ただひたすらに仕事をこなす日々。それの何処《どこ》が理不尽じゃないの？　と朋香は言いつのる。

少しは自分の生活を優先することを覚えないと、そのまま婆《ばばあ》になっちゃうよ！　と。

「とにかく、少しは遊びなさい」

「遊ぶったって……」

「遊び方自体忘れたか……よし、私に任せなさい」

と言うが早いか、朋香は携帯を取り出して電話をかけ始めた。

相手は朋香の彼氏、森田育也《もりたいくや》。学生時代からの長い春を更新中で、佳乃もよく知っている相手だ。

「というわけで、やっとこさ佳乃をゲットしたわ。合流しない？」

どうやら育也も誰かと呑んでいる最中らしかった。

朋香の話によると、本当は今日も一緒に過ごす予定だったが、滅多に会えない先輩と連絡が取れたとかいうことで、急遽《きゅうきょ》育也がキャンセル。時間が空いた朋香が、だめもとで佳乃に連絡をしてきたらしい。

彼らは、夕方に会ってひとしきり話もすんだし、もう合流しても支障はないということだった。

「でも……」

「いいじゃないの。育也の先輩、すごくいい男なんだって！」

渋る佳乃を引きずって、朋香は近くのビストロに向かった。

もともと近くにいたようである。なんだか上手くのせられているような気がしながらも、佳乃はまあそれもいいか……と成り行きに任せた。

鳥居道広《とりいみちひろ》という男は、育也の大学時代の先輩で、年は二十九歳。

大手銀行ニューヨーク支店勤務のエリート。ルックスも悪くないし、話術も巧《たく》みで相手を飽きさせない。

それでも、なにかぴんと来るところのない人だな……と思う。

それが顔に出ていたのか、鳥居が席を外したすきに育也に釘を刺された。

「誰かさんと比べるのは酷というもんでしょ？」

「比べてないよ。比べる対象でもないし……」

「別に誰とも言ってないけど？　こう言っちゃなんだけど、鳥居先輩はかなりのハイレベルだし、引く手あまただよ。ニューヨークでも日本でもモテモテ。今日だって、俺が先輩と会うって聞きつけた女どもが、合流させろって煩《うるさ》い煩い。そんな先輩にときめかないということは、やっぱりあの人が基準になっちゃってるからじゃない？　あの人を物差しにしてたらこの先大変なだけだよ」

重ねて朋香が言う。

「確かに、原島氏は別ランク。我々みたいな一般人とは世界が違うでしょ。下々のものは下々のもの同士仲良くしていきましょ」

そして朋香は、少し深めのため息をついた佳乃のグラスに、冷えた白ワインを注ぐのだった。

佳乃にしてみれば、原島俊紀という男はただの上司である。

ただ、五年もそばについて仕事をしていれば、その存在を全身で吸収してしまう。無意識のうちに彼と他の男を比べる癖がついているのかもしれない。確かにそれは佳乃にとってあまりにも不幸である。

「鳥居さんがいい男に見えないようじゃ、女として終わってる。リハビリが必要だわ」

そしてその夜、四人はカラオケからボーリングに至るまで、それこそ空が白むまで遊び倒したのであった。

「いやー、徹夜で遊んだのなんて何年ぶりだろう！　でも楽しかったよ。また会いたいね」

鳥居道広は別れ際にそう言った。日本でしばらく仕事をした後、またニューヨークに戻るらしい。その前に是非もう一度会いたいと……

「珍しいこともあるもんだ……」

育也が呟く。

「なにが？」

問い返したのは朋香。

「あの先輩がここまで付き合ってくれるなんて……。いつもなら、せいぜい一軒か二軒呑みにいって、いつのまにかフェイドアウト。徹夜で遊んだのなんて初めてだ」

「へーそうなんだ。きっと四人だったから、抜けたら悪いと思ったんでしょう」

何気なく佳乃がそう言うと、彼は全力で否定した。

「そんなこと頓着する人じゃない。学生時代にも何度かダブルデートしたけど……」

「誰とよ‼」

割って入ったのは朋香だ。

朋香が今回初めて鳥居と会ったというのなら、学生時代のダブルデートの相手は朋香ではない。彼女が怒るのは当然である。

「ち、違う！　お前と付き合う前の話だー‼　しかも、俺の友達の女が先輩目当てに俺を使って呼び出してただけ。完全なる当て馬だぞ、俺は」

「ふん。どうだか‼」

「本当だって。機嫌直してくれよ。とにかく、そういう機会があっても、先輩は適当に逃げちゃってたんだ。相手に脈なしを的確に伝えてさ。その先輩が朝まで付き合って、しかも、また会いたいときたもんだ」

「なるほどー。佳乃に脈ありかあ」

「ないって。世の中には社交辞令という言葉があるんだし……」

「だからあの人に限っては絶対ない。近日中に直接誘いがあると思うよ」

「どうやって……？　連絡先教えてないし」

「ごめん。あたし、佳乃の携帯教えちゃったよ」

「なんで⁉」

「佳乃、番号教えるの拒否ったんだって？」

佳乃は、勤務時間が一定ではないし、夜間も商談に出ていることが多いから……という理由であえて連絡先を教えなかった。

だが鳥居は諦めなかったらしい。頼むから……と育也に頭を下げ、朋香経由で番号を手に入れたという。

「それって、個人情報保護法違反だよ」

と佳乃が憤慨しても、彼女は何処《どこ》吹く風《ふ》である。

「だってそうでもしないと、このまま鳥居さんニューヨークに帰っちゃうよ。せっかく、あっちがその気なんだから多少はときめきなさいよ」

ときめき……。それは確かに本日の午後、佳乃が願ったことである。

だが、この状況はときめきとはほど遠い。

むしろ、面倒なことになった……と気が重いぐらいだ。

「一度二人で会って、ちゃんと口説かれてみたら?」

「いやでも……きっと忙しくて時間取れないし」

「いい加減、原島財閥に籠城するのをやめないと侘《わび》しいまま人生終わるわよ。休日を取る権利だってあるはずだし、連れ出してくれる人がいるならどんどん外に出るべき‼」

「俺もそう思うよ。人柄は保証するし」

「……じゃあ、多分こないと思うけど、もし誘われたら考えることにする」

佳乃はそう言って話を終わらせた。懐かしい朋香の部屋で、毛布を被って眠りに落ちかけながら、そういえば俊紀は戻っただろうか……とかすかに気になった。

†

俊紀は日付が替わる前に帰宅した。佳乃はまだ戻っていない。

時刻は午後十一時半。このまま眠りについてくれればいいが……という宮野の願いも虚しく、帰宅するなり俊紀は佳乃の所在を確認した。

「谷本は？」

さすがに五年もの間、夜食係と呼び続けることはできず、実際、夜食を作ることも滅多になくなったために、呼び名は谷本に変じていた。

「それが……」

「どうした？　もう寝てるのか？」

「お出かけになられて、まだ戻られていません」

「出かけた？」

「はい。なんでもお友達の相談事があると……戻りは明日になるそうです」

「どんな服装だった？」

「黒いカットソーにジーンズでしたが？」

「ということは……六本木で見かけたのは本人だったのか……」

「お会いになったのですか？」

「男連れだった……」


十時過ぎに、同窓会の二次会で六本木のカフェに行く途中、男と並んで歩く姿を見かけた。佳乃によく似ていると思ったが、こんな時間にこんなところにいるわけがないと思い込んだのである。ましてや、男連れなどあり得ない、と。

そして、今なお佳乃は帰宅していない。まだあの男と一緒にいるのか……

そう思った瞬間、俊紀は宮野が運んできた酔い覚ましのコーヒーを、カップごと壁に投げつけたい衝動に駆られた。

あの場でつかまえて連れ帰るべきだった。なぜ自分の不在の間に勝手に出かける。

しかもなぜ男と会う。眉間のしわが知らず知らずのうちに深くなっていた。

「手放せないのであれば、そろそろなんとかなさいませんと……」

俊紀の心情を一番わかっている男はそう囁《ささや》く。

どこかに出かけたそうにするたびに、ありとあらゆる口実でもって阻止してきた。

自分の目の届かないところで、自分の知らない人間、特に男には絶対に会わせたくなかった。

この家から、自分のそばから佳乃の存在が消えることなど許せない。

焦って口説いて逃げられるのが一番怖かった。それが故に攻めあぐねた五年間。

だがもう、それもそろそろ限界である。

佳乃がときめきたいというのなら、ときめかせてやろうじゃないか。

「宮野」

「なんでございましょう？」

「私が谷本を手放すことは決してない」

「かしこまりました」

それだけで宮野に俊紀の意志は伝わった。

†

佳乃が原島邸に帰ったのは日曜の夕方だった。

妙に屋敷の中がどんよりと暗い。佳乃を見る使用人たちの目が、どこか痛々しそうである。

佳乃の帰宅に気づいた宮野がそっと呟く。

「俊紀様のご機嫌が最悪です。お気をつけください」

その声がやむかやまないかのうちに、頭上から主《あるじ》の声が降ってきた。

「谷本、書斎に来い」

その低く不気味な響きに、思わず宮野を見返したが、彼はやれやれと首を振るばかりで、何も答えはしなかった。

不在の間になにがあったのだろう……

まさか自分の不在自体が俊紀の不機嫌に直結しているなどと思いもせずに、佳乃は首をかしげた。

俊紀は佳乃が書斎に入ると、高級そのものの安楽椅子にふんぞり返ったまま、上から下まで彼女を見回した。

「私の許しも得ず、随分と長い外出だったたな」

「お留守でしたし、これといって未決事項はありませんでしたので」

「鬼の居ぬ間に何とやら、か」

鬼だという自覚はあるらしい。

「何か問題でも？」

緊急で処理せねばならないことでも起きたのだろうか。

だが、社長になってもはや十年。俊紀の手に余るような問題はそうそうないはずである。

過去のデータでも必要になってそれを探すのに手間取ったとか？

しかしそれもありそうにない。佳乃が管理しているデータは、すべて俊紀も自分のデータファイルに入れている。

困惑する佳乃に、俊紀は平然と言い放った。

「問題はあった。自分の一番の側近が、深夜に男と歩いている姿を見るのは気分が良くない。ましてや、そのまま翌日まで戻ってこないなどとは大問題だ」

どこで見られた……？

佳乃はとっさに昨夜の記憶をたどった。

確か俊紀は赤坂のホテルで同窓会だったはず。その後六本木に流れたのか……

昨夜戻ったのは十二時前だと宮野から聞いているので、佳乃を見たとしたら、二軒目のビストロからカラオケに行く途中だろうか。

だが、それがどうした。

記憶の反芻《はんすう》の途中で、佳乃は馬鹿馬鹿しくなった。

休日に何処《どこ》で誰と何をしようと、それは自分の自由だ。

「お言葉ですが、それは私のプライベートな問題です」

佳乃はそう切って捨てようとした。だが、一瞬のひるみも見せずに、俊紀は言い返した。

「そんな自由を与えた覚えはない」

「どういうことですか？」

「お前は私の個人秘書だ。お前の行動のすべては私の管轄下にある。その管理の下に、お前の安全が保証されてきたはずだ。さもなければ、とっくに宮原家に戻されている」


俊紀は、常に一番突かれたくないところを突いてくる。

確かに佳乃は、この五年間、原島邸と株式会社原島の厚い保護の下にあった。

幾度となく入ってくる宮原家からの要求は、すべて俊紀が拒絶している。

彼でなければそんなことはできなかっただろう。

俊紀がいなければ、とっくに佳乃は宮原家の後継者としての教育を施され、どこかの次男坊と養子縁組で結婚させられていたに違いない。

俊紀がどのような論法で宮原家をねじ伏せているのかは知らない。時折、気配でまた連絡があったらしいと知るのみであった。

「宮原の後継者として、原島での仕事は決してマイナスにはならない。人脈、経験、その他どれをとってもこれ以上の修行の場はないはずだ、と伝えてある。私が宮原を継ぐに十分と判断したら、そちらにお返しする、とな」

「じゃあ私はいずれ……」

いわゆる修行が終わったら、宮原に返されると言うことか……と青ざめかけた佳乃を押しとどめるように俊紀は言う。

「私の判断で、といったはずだ。お前が宮原を継ぐ日は来ない。宮原の後継者候補は、完璧を目指して永遠に原島で修行中だ」

なんというずるがしこい男であろう。確かにそういうことであれば、宮原家としては時々様子伺いをするのがせいぜいで、強硬に佳乃を返せとは言えない。

それならば安心……と思いかけたとき、彼は非情にも言った。

「ただし、終身預かり中だとしても、その行いは正してもらわねばならない。夜遊び、朝帰りなどもっての外《ほか》だ。よけいな虫など付いたら宮原に申し訳が立たない」

どの口が言う。よけいな虫とは誰のことだ、と佳乃は憤慨する。

「気をつけろ。お前が私の手に余るようなら、即刻宮原に戻す」

それではどのみち籠の鳥ではないか。

佳乃にとって、原島俊紀の側近は、大変ではあるがやり甲斐のある仕事であった。世界を牛耳る原島財閥総裁の片腕。それは古式《こしき》ゆかしき宮原家の姫をやるより、ずっと性に合っている。

それでも、このようにあからさまに行動規制を敷かれると、はなはだ面白くない。

「あなたの手に余るなんてことがあるのでしょうか？」

「まずないだろうな。今回は不意をつかれたというところだ。今度こんなことをやらかすときは、相応の覚悟をしておくんだな」

せめてもの反論と口にした言葉は、あっけなく退《しりぞ》けられる。

相応の覚悟って……と呟く佳乃に、俊紀はにやりと笑っただけだった。

†

「これじゃあ私には恋するチャンスもない……」

例によって厨房《ちゅうぼう》で佳乃は嘆く。聞き手はいつもの山本シェフだ。

宮野から事の次第を聞いた山本は、早くも笑いをかみ殺していた。

佳乃は、自分の周りに張り巡らされている恋の糸に全く気づいていない。

普通であれば、あれほどの独占欲と管理欲がどういった心情に由来するか想像ぐらいはつくはずであるが、俊紀のことは、そういう対象から一切外して考えているらしい。

それはある意味、上司への想いを封じ込める、唯一の術《すべ》なのであろう。

焦《こ》がれても叶うわけがないと思ってしまうほど魅力あふれる男。この想いが形になってしまえば、傷つくのは自分であると……

瞳にあふれる主《あるじ》への想いをそんな台詞《セリフ》にすり替える佳乃が、山本にはけなげに見えるのだった。

「恋は案外身近なところで生まれるものらしいぞ。一説によると、半径七十メートル以内の相手というのが一番多いそうだ」

「私の半径七十メートル以内なんて、若い男、誰もいない‼」

宮野は論外であるし、山本も松木も既婚者である。

会社に出たところで、実際佳乃が折衝《せっしょう》する相手はみな脂《あぶら》ののりきった四十代というところで、独身男性に出くわす機会は極めて少ない。というよりも皆無である。

それが俊紀の意志であることを山本は知っている。商談相手が魅力的な独身男性だった場合、佳乃が会うことはない。もっとも俊紀が警戒するような相手が、そうそういるわけではなかったが……

「いるじゃないか、俊紀様が。極上独身男性」

「何の冗談ですか。論外です。あの人は対象外もいいところです」

どちらがどちらにとって対象外だというのだろう、と山本は思う。

親睦会で目にする二人は非常に似合いであるし、仕事の場でも抜群のコンビネーションだと聞く。

本人がそれと気づかぬ間に、主《あるじ》は佳乃を見事なパートナーに仕立て上げた。

佳乃が巧妙に隠された俊紀の意図に気づきさえすれば、事は急速に進む。というよりも、そろそろしびれを切らせた俊紀が、一気呵成《いっきかせい》に仕掛ける可能性大である。

今回の佳乃の無断外泊は、その起爆剤となるはずだ。どういうやり方で、主がこの、夢見るだけでその実まったく恋に無頓着な、自分が恋に落ちていることに気づきもしない女性を、攻め落とすのか楽しみだった。

†

鳥居道広から連絡がきたのは、次の日の昼休みであった。

「近くまで来ているので、お昼でも一緒にいかがですか?」

　俊紀は商談に出かけている。佳乃はシドニーからの連絡待ちで会社に残ったが、その連絡も先ほど入ってきたところだった。どのみち昼食は摂《と》らねばならず、それならば、と佳乃は出かけることにした。


「お待たせしました」

　近くのホテルのレストランで待ち合わせた鳥居に、佳乃はそう挨拶した。

「いえいえ、こちらこそ突然お誘いしまして……でも朋香さんに、あなたを呼び出すなら突然の方がいいと言われましたので」

　朋香もよけいなことを言う……。確かにこの間は突然の呼び出しに応じたが、いつもいつもそう上手くいくとは限らない。現に、あのあとの俊紀の反応はまったく芳《かんば》しくなかった。

「今回は珍しく時間が空いておりました。いつもこうだとは思わないでくださいね」

　と、佳乃は釘を刺すが、鳥居は頓着しない。

「時間が空かなければ、空くまでお待ちしますよ」

　と婉然《えんぜん》と微笑む。

　確かに、この男はかなりのものである。佳乃にしても、毎日俊紀のようなカリスマ男と接していなければ、一目で恋に落ちていただろう。

だが、いかんせんこの男のレベルをもってしても、原島俊紀の敵ではない。およそ一般的な女性を十人並べれば、九人が俊紀を選ぶはずである。

そして残りの一人は佳乃。なぜなら、佳乃は彼にとって備品の一つのような存在だし、佳乃自身も彼の嗜好をよくわかっている。自分を選ばないのがわかりきっているのなら、こちらも選ばないのが正解。

かといって、佳乃が現状で鳥居とどうこうということもあり得ない。

ただ単に、親友の恋人である森田育也の顔をつぶしてはならないというだけである。

そして若干は俊紀への反抗。

だが、佳乃はいかに自分の行動を俊紀が気にしているのか知らなかった。

だから、鳥居との食事が終わり、食後のコーヒーを飲んでいた佳乃のテーブルに俊紀が現れたときは、文字どおり面食らったのだった。

「こちらは？」

いきなり現れた、明らかに不機嫌というマントをまとい、もっと明らかに権力という剣を携《たずさ》えた男を仰ぎ見て、鳥居が尋ねる。

佳乃が口を開く前に俊紀が答えた。

「彼女の上司だ。悪いが仕事があるので彼女は帰社させてもらう」

「原島さんですね？　まだ昼休みだと思いますが……」

気丈にも鳥居は腕時計を確認しながら言う。

確かに時計は十二時四十分になるところである。俊紀はさらに不機嫌さを募らせて言う。

「谷本の勤務時間は他と違う。私の都合に合わせることになっている」

そう言うが早いか、有無を言わさぬ力で佳乃の二の腕を掴み、その場から連れ出した。

明らかに怒っているくせに、二人分の会計を済ますそつのなさが、さらに許せない。

「鳥居さん、ごめんなさい。また連絡します」

佳乃はかろうじてそれだけ言うと、この上なく不機嫌な上司とともにレストランを後にした。

会社に戻る途中、佳乃は一言も口をきかなかった。俊紀の態度はあまりにも失礼だった。

鳥居にはもちろん、一個人としての佳乃に対しても。

佳乃の腕を掴んだまま引きずるように社長室に戻り、ドアを閉めるなり俊紀はそのドアに佳乃を押さえつけた。

「警告したはずだ。今度こんなことをしでかすときは、相応の覚悟をしておけと」

一九〇センチ近い身長をわずかに屈《かが》め、怒りに燃える視線で佳乃を射貫く。

「少しは大人しくしているかと思ったら、昨日の今日でこの始末か」

「なぜあそこにいるのがわかったんですか」

「社に戻る途中で見かけた」

窓際の席だったのが災《わざわ》いしたらしい。窓越しに二人を見て、車を急停止させた主《あるじ》は、勢いに任せてレストランに突入してきた。なんとも大人げない話である。

「六本木で一緒にいたのと同じ男だな。何者だ？」

「あなたが知る必要のない情報です」

佳乃は目をそらしたまま答えた。

「なるほど。それならそれでいい。だが、二度と会うな」

あまりにも高飛車な物言いに、佳乃の怒りが沸点を越える。

ここが会社でなければとっくに自分のものにしていた、と俊紀が重ねる。

「だが、いくら私でも、ここが適切な場所じゃないことぐらいわかっている」

「ちょっと待ってください」

「もう十分待った。これ以上自由にさせて、どこかの次男坊にお前を攫《さら》われるなどという愚は犯さない」

無情にも俊紀は言い放つ。

ではこの男は虎視眈々《こしたんたん》と佳乃を狙っていたというのか……。いったいいつから……

佳乃はこの五年の日々を必死で遡《さかのぼ》り、その兆候を探そうとした。

「記憶の検索は時間の無駄だ。気がついていなかったのか？　最初から、だ」

「最初って……？」

「ハウスクリーニング三田から引き抜いたときから。どう考えてもあり得ない時給と待遇で、お前を拘束したのは何のためだと思う？」

では、あの内定辞退の騒ぎも、宮原家からの保護も……全部、下心があってのことだったのか。

佳乃は今度こそ本当に目眩《めまい》がした。

原島俊紀は現在三十五歳。株式会社原島の社長であり、原島財閥の総裁である。容姿端麗、文武両道の一級品。業務拡大及び安定のために、政略結婚を試みかねないほどの野心も兼ね備えている。日本中はおろか、世界中の美女、令嬢をより取りみどりの男が、なにをとち狂って佳乃を狙うのか。


ああ……そうか。いわゆる愛人という奴か……あるいは結婚前の火遊びか。

確かに、俊紀はかつてプレイボーイとしてならした男である。何人もの女性と付き合い、別れたが、どの人とも半年以上の付き合いにはならなかった、と聞いている。

それが、佳乃が彼のもとに来てから、女性関係の噂がぴたりとやんだ。見事に隠しているだけでは、と疑ったこともあったが、この展開からすると本当に皆無だったのかもしれない。だとすれば丸五年も彼は孤閨《こけい》を保っている。もともと健康な三十代男性、そろそろ一人寝も限界のはず。いずれはどこかの令嬢を迎えるにしても、とりあえず手近にいる部下を味見してみようと……


そう考えると納得がいった。

触れなば落ちん、の女性たちの中で、あまりにも自分に無関心な佳乃に、かえって煽《あお》られたのかもしれない。

いずれにせよ、この五年で俊紀と佳乃がともにいる風景というのは至極当たり前のものとなった。仮に二人の間に何らかの関係が生じたとしても、それに気がつく人間はいないだろう。

スキャンダルが表に出にくいという意味で、佳乃の右に出るものはいない。どこまでも頭のよい男である。

……と、一応の結論にたどり着いて、佳乃はようやく一息ついた。

ところが、俊紀はその結論をいとも簡単に蹴散らした。

「言っておくが、スキャンダルが怖いから手近なところで、などという考えは私にはない」

思わず振り向いた佳乃の目を、まっすぐに捕らえて彼は言った。

「お前がどれほどスキャンダルになりやすい相手だったとしても、私はお前を自分のものにするのをためらったりはしない。ただ、なにも好きこのんで、争乱の種をまくことはない。だからこそ、長い年月をかけて周到に用意をした」

「用意って……」

「周囲はお前のことを、私の隣に立つにふさわしい存在と認めているはずだ。それが当然となるまでに三年かかった」

確かに俊紀のもとに来てからしばらく、佳乃への風当たりは強かった。

特に女性からは……親睦会でホステスを務めた後、ご令嬢たちは、あの手この手で佳乃に嫌がらせをしてきた。ときには自分たちの両親まで巻き込んで……

ただ、その嫌がらせは、宮野や山本、あるいは俊紀本人の迎撃にあって見事に霧散した。なぜか原島孝史夫妻の援護射撃もあった。陰でどんなことを言われているかは謎だが、少なくとも表立った嫌がらせはなくなった。

そして、いつの頃からか、俊紀の親戚たちにも佳乃の存在を否定するものはいなくなった。俊紀に結婚の意思がない以上、季節ごとに催《もよお》される親睦会を見事にこなす佳乃は、原島一族にとって都合のよい存在となったのだ。

さらに俊紀は佳乃の肝を冷やすようなことを言う。

「むしろ、お前がまだ私のものではない、という状況の方が信じられないだろうな」

五年間、側近中の側近として朝から晩まで一緒にいれば、また、以前の俊紀の女性関係の派手さを考えれば、当然二人はそういう関係であるという推測が成り立つ。

「そういう関係であったのなら、もっと早くお払い箱になったはず。そういう関係じゃないからこそ五年もそばにいるのだという推測の方が成り立ちやすいのでは？」

佳乃はなんとか冷静に言い返した。

株式会社原島の自社ビル最上階に位置する社長室。俊紀はその全面ガラスを背にし、机に軽く腰かけたまま、佳乃をじっと見ている。

彼の背後に広がる空は、今日も都会らしく灰色。まるで佳乃の心模様のようである。

「お前は頭がいい。だが、その推測は間違っている。この五年間で、私がどれぐらいお前の存在について質問を受けて、どういう答えを返してきたか知らないだろう？」

もちろん知るはずがない。それは佳乃のあずかり知らぬことである。

「どういう……いえ、いいです。聞かない方がいいような気がします」

その答えは、今の状況を考えれば地雷以外の何ものでもない。絶対に不発弾ではないとわかっている地雷を、わざわざ踏みに行くほど愚かではないつもりだ。

「とにかく、私の意志に反することを強要することはできません」

だが俊紀は不敵に笑って言った。

「お前の意志を変えることなど簡単だ」

そして、彼は腰かけていた机から立ち上がり、通りすがりに佳乃に短い口づけを刻むと、午後一番にある定例役員会議のために部屋を出ていった。

定例役員会議は連絡目的の場のため、佳乃に欠席が許される数少ない会議である。

少なくとも二時間は俊紀の顔を見なくてすむ。会議がこのタイミングであったことを深く感謝した佳乃であった。

†

これからどうしよう……。

俊紀が不在のオフィスで、佳乃は真剣に悩んでいた。

とりあえず、先ほどの非礼をわびようと鳥居に連絡を入れた。彼は笑って言う。

「噂には聞いていましたが、聞きしに勝る御仁ですね。あなたの番犬は相当手強《てごわ》い」

「別に番犬ってわけではありません」

「いや、あれはもう番犬そのものでしょう。それもドーベルマン並みの狩猟犬です。彼に立ち向かうためにはどうしたらよいものか……正直悩みますね……でも……」

そして彼は、ただでさえ本日はキャパオーバーと思われる佳乃の頭に、更なる爆弾を投下した。

「僕もようやく出会った『欲しい女』を、そう簡単に諦めるつもりはありませんから」

また近いうちに連絡します、と言葉を残して鳥居は電話を切った。

佳乃は完全に沈没した。

まさに状況は手に余った。余りすぎてぼろぼろこぼれ落ちていく。

このままここにいたら、確実に叫び出してしまうだろう。

「本日、体調不良により早退いたします」

宮原仕込みの見事な筆致で、俊紀の机に書き置きを残し、佳乃は社長室を出た。

「お出かけでしたら車を回しますが……」

俊紀の指示で、何処《どこ》に行くにも運転手付きの車を使う佳乃は、社員出入り口で守衛に声をかけられたが、軽く微笑んで断り、徒歩で原島ビルを後にした。

第二章　動き始める関係

「どちらにいらっしゃるのですか？　俊紀様がたいそうご心配になっています」

予想どおりのことを宮野が言う。夕食はいらない、とかけた電話口でのことだ。

おそらく、ご心配ではなくお怒りなのだろう。

ずっと切っていた携帯の電源を入れた途端に、どんどんメールの受信が始まった。

その件数を見て、佳乃はさらにうんざりする。

会議が終わった頃から始まるその履歴は、俊紀は言うに及ばず、宮野、山本まで……

連絡がつくまで、諦めるつもりなど毛頭なさそうなメールの数々に、やむなく佳乃は、一番当たりの柔らかそうな宮野に連絡を入れたのだ。

「すみません。今夜は戻れないかもしれません」

そう言うや佳乃は電話を切る。

電話の向こうで何かを言いかける宮野に、心の中で詫びながら……

一方的な連絡を終えたあと、佳乃は諸悪の根源とも言える親友を呼び出し、また携帯の電源をオフにした。そのわずかな間にも携帯は振動し、俊紀のナンバーを表示していた。

「どうするつもり？」

滅多にない佳乃のヘルプ要請に、朋香はすべての予定をキャンセルして飛んできてくれた。

「さあ……どうしよう。でも今日は絶対帰りたくない」

「でも、原島家のSPらしき人がうちの前に張り付いてるって、兄貴から電話あったよ」

「だろうね。一番私が行きそうなところだもの。いいよ、朋香が一人で帰る分にはなんともないはずだから、もう少ししたら家に帰ったら？」

二人は下町の小さな居酒屋にいた。

「ぼったくり」という風変わりな店名ゆえに、新規客にとって敷居が高いその店は、もう長らく朋香の行きつけで、客はほとんど彼女の顔見知り。半年ほど前にタイミングよく俊紀の留守に誘われた女子会で、佳乃も大いに盛り上がり、少々行きすぎて女店主に呆れられてしまったが、『また必ずいらしてくださいね』と言った彼女の言葉に嘘はなかったらしく、朋香と一緒に現れた佳乃を『よく来てくれました！』と歓待してくれた。この店の小上がりはかなり安全な避難所といえたが、だからといって一晩中いることはできない。

「この状態で佳乃を見捨てて帰れるわけないじゃない。いいよ。いっしょにホテルにでも泊まろう！」

そう言うが早いか、朋香はさっさと携帯を駆使して、近くのビジネスホテルをキープした。

「それにしても……あんたのご主人様は激しいねえ……」

ホテルに入って、すべての事情を聞き出した朋香はため息まじりに言った。

「激しいって……」

当惑気味に言う佳乃に朋香がたたみかける。

「それだけ激しいくせに、これまでよく我慢してたって言うほうがいいのかしら。あんた、原島財閥総裁を五年も待たせた女として歴史に残るかも」

「むしろ、五年も待たせたあげく、意に染まずお手討ちになった女として残るかもね」

現状ではその可能性の方がずっと大きい。今頃俊紀は烈火のごとく怒っているだろう。会議を終わらせて、部屋に戻ってみれば佳乃は早退。あのときの成り行きから考えてストレス性の頭痛でも起こしたか、と原島邸に連絡を入れてみても戻っていない。それから音信不通のまま数時間が過ぎ、やっと連絡が入ったかと思いきや、本日外泊予定ときたものだ。

「佳乃さあ……今度あの人に会ったら、問答無用で食われちゃうと思うよ」

と朋香はあからさまなことを言う。

佳乃自身もそんな気がする。そこがオフィスであろうが、車内であろうが、極端を言えば往来だってやりかねない。

そもそも今夜だって、原島邸の自室で、無事に朝を迎えられるとは到底思えなかった。だからこそ、佳乃は逃げ出したのである。

意志を変えることなど簡単だ……と笑った俊紀の顔が目に焼き付いている。

佳乃の意志はとっくの昔に心の奥底に沈め、巨大な漬け物石で封印してある。

もうかなり酸化しているだろう。

主《あるじ》への想いは、彼とともに暮らすようになってほんの数ヶ月で色を変えた。彼が変える必要など全くないのだ。

形にすることを必死に拒んできた想い。それはあまりにも危険で先のない想いだった。

このままずっと彼のそばにいられるならば、どんなに辛くても抑え続けると誓った想いであった。

この想いを恋と呼んではいけないと知っていたからこそ、他に出会いを求め、ときめきを求めたが、実際にはどんな男性も主の強烈な印象を超えることなどなかった。

明確な意志を示された今、主の求めに応じることは難しくないが、その数ヶ月後に必ずやってくる別れを乗り越える術《すべ》を、佳乃は知らない。

想像でしか知らなかった彼の唇がこれほどまでに熱いと知っただけでも、佳乃の心は千々に乱れる。この上、あの腕の熱さを覚えてしまったら、それを失うとき、佳乃は心そのものを失うだろう。

このまま逃げ出したら佳乃は住居も仕事も失う。けれど、数ヶ月後に心ごと崩壊するよりは遙《はる》かにましである。

逃亡資金ならある。幸いハンドバッグの中にキャッシュカードだけは入っていた。しばらくは何とかなるだろう。俊紀に見つかりさえしなければ……
「相手は原島財閥だよ。佳乃一人捜し出すのなんてあっという間じゃない？」
朋香はあまりにも正しい。正しすぎて嫌になる。確かに今夜は何とかなるかもしれない。
けれど明日は？　明後日は？　少なくとも来週までには、佳乃は彼に見つけ出される
だろう。
「わずかに希望を見いだせる手立てとしては、鳥居先輩と一緒にニューヨークに行って
しまうというのがあるけど？　あーでも、絶対成田のゲート封鎖とかしそうだね、あの人」
「しゃれにならない」
その光景を見事に心に描くことができる。空港などというわかりやすいところは、最
初に非常線が張られるだろう。それに、鳥居道広をそういう形で利用することはできな
い。新たな問題を生むだけである。
あの怒れる男はどうかすると鳥居自身を潰しにかかりかねないし、そうなったら鳥居
の人生は徹底的に破壊されてしまうだろう。

「無理せずに戻ったら？　嫌いじゃないんだよね、原島氏のこと」

「それができたら苦労しないよ」

「何で？　あっちはその気だし、佳乃も嫌いじゃない、というよりもかなり好きだよね？　なのに何でだめなの？」

「今はよくても、せいぜいもって半年だよ。そしたらその後、どうやって生きていくの？」

「だから、なんで終わることが前提なの？　五年も一緒にいたんでしょ？　いいところも嫌なところも知り尽くしてるよね。その上で、男と女になりたいってあっちが思ったんなら、今までの女たちとは違うと思うけど」


それでも佳乃は怖かった。一度得たものを失うことが。

原島俊紀という存在はあまりにも強烈で、一度手にしたら、その後の喪失感は計り知れない。それならば、最初から得ない方がましである。

朋香の言うとおり、いいところも悪いところも知り尽くしている。よそのご令嬢のように彼の表面的なもの、容姿や財力、社会的地位に惹かれているわけではない。

そもそも、上司としての俊紀は、かなり横暴で独善的な男である。だからこそ、生き馬の目を抜くような経済界でも、最高位に近い地位を得ていると言える。

嫌なところも、氷のように冷酷な面も、佃煮《つくだに》にできるほど見てきた。それでもなお、彼を想う心を止められないのであれば、これから先なにがあっても彼を心から消すことはできないだろう。それぐらい佳乃にとって原島俊紀の存在は大きかった。

「佳乃は臆病だよ。私ならあれだけの人にアプローチされたら即ＯＫする。たとえ一瞬の気まぐれでも、いい思い出としてずっと磨いていけると思う」

それは朋香が、俊紀をアイドルスターか何かのように思っているからだろう。

佳乃は違う。佳乃にとって原島俊紀は現実そのものである。一瞬の流れ星として見送るには、彼の輝きは強すぎる。その熱でもって、佳乃のすべてを焼き尽くしてしまう。

「あ……でも、結論が出る前に決着がつきそうだね」

「え……？」

「誰か来たよ。たぶん原島氏だ」

そのとき、佳乃にも、あわただしく近づいてくる足音が聞こえた。

オートロックがかかっているはずのドアは、あっけなく開けられる。おそらくマスターキーを使ったのだろう。チェーンをかけ忘れていたことが悔やまれる。

ドアを開けたのはホテルのフロント係。そしてその後ろに俊紀がいた。彼はちらりと朋香に目をやり、一緒に来た宮野に言う。

「このお嬢さんをご自宅まで送ってくれ」

「かしこまりました」


メディアを通さない原島俊紀を目にするのは初めてだろう朋香は、しばらくあっけにとられたように彼を見ていた。それはそうだろう。海外ブランドの高級スーツがこんなにも似合う男は日本人には珍しい。

何より、あまりにも庶民とかけ離れたオーラを持つ男である。

お手上げ……そんな身振りをして、朋香は大人しく宮野に従った。

これで、少なくともこれから起こる修羅場を親友に見られることはない。

俊紀の頭から立ち上る湯気が見えるようだった。彼の最大怒り記録を、この三日間で何度更新しただろう。

宮野と朋香が部屋を出ていき、フロント係も下がった。ドアの閉まる音が不気味に響く。

俊紀は無造作に上着を脱ぎ捨て、ネクタイを弛《ゆる》めた。

「どうしてここが……」

「携帯電話のGPS。お前がいた場所はすぐに特定できた。あとは……」

俊紀は、言わずもがな、といった表情で笑った。

始点がわかれば、その後の動きを辿ることなど簡単だ。優秀すぎるSPたちによって、佳乃が居酒屋へ行き、そしてこのホテルへ移動してきたことは、あっという間に俊紀の知るところとなった。あとはホテルのフロント係を脅して鍵を開けさせるだけ。それぐらい俊紀には朝飯前だった。

「宮野に連絡などしなければよかったな」

あの一瞬の電話で位置を掴まれてしまったのか……。あの時点で、俊紀はまだ帰宅していなかったはずなのに、宮野は何のためらいもなく佳乃の現在位置を探索した。

なぜなら、それは必ず主《あるじ》が必要とする情報だから。

まったく原島俊紀の力は及ばぬところがない。

「シャワーを浴びる時間をやる」

俊紀は何の感情も感じられない声で言った。

「原島邸に戻りましょう」

「そしてまたお前が逃げ出す隙を与えるのか？」

そんな隙が何処《どこ》に生じるというのだ。

おそらく下には原島家の車が運転手付きで待機しているだろうし、この男の力で腕を掴まれたら振り払うことなど不可能だ。それは今も手首にくっきり残る痣《あざ》が証明している。

「私の方が限界だ。もう泣こうが喚こうが私のものにする。これ以上御託《ごたく》を並べるならシャワーもカットだ！」

その声を聞いて佳乃はバスルームに飛び込んだ。五分でも十分でも先に延ばしたかった。

「十分以上かけたら押し入るぞ」

背後から吠えるような主《あるじ》の声がした。

例えば、シャワーから出たときにどういう態度をとるべきかとか、間がもたなかったらどうしようとか、そもそも下着はつけておいた方がいいのかとか……経験のない佳乃には対処不能なことばかりであった。

けれどそれらすべてが、問答無用でバスルームに押し入ってきた男によって蹴散らされた。

「時間切れだ」

きっと、きっちり十分で一秒たりとも超過していないだろうタイミングで、俊紀はバスルームのドアを開けた。しかも己も全裸である。

真っ赤になって俯《うつむ》いた佳乃をあっけなく確保すると、そのまま頭からシャワーを浴びる。

「本当は、誰かさんがたっぷり滲《にじ》ませてくれた冷や汗をゆっくり流したいところだが、その間にお前に逃げられるに違いない。とりあえず、今はこれで我慢しておく」

　そして、手早くバスタオルで水滴をぬぐうと、佳乃をベッドに運んだ。

「よくもこれほど手をかけさせてくれたものだ」

　俊紀はそう言うと、これ以上はないというほど丁寧に佳乃の唇を奪った。

　両手を頭の上でまとめて片手で押さえられ、もう一方の手で首を固定されてしまう。体は彼の全身で押さえ込まれている。佳乃は身動きすらできない状態であった。

「あんな逃げ方をする必要が何処《どこ》にあった？　どうせ捕まることはわかっていたはずだ」

　問いかけはするが、返事をさせる気はない。

　その証拠に、佳乃の唇はずっと彼に塞がれたままである。問いかける瞬間だけ離される唇は、言葉が終わるか終わらないかのうちに再び重なってくる。

「馬鹿な奴だ。逃げ出しさえしなければ、こんな場末のビジネスホテルで抱かれることにはならなかったのに……」

　ではそれは、都内のシティホテルでならよかったのか、原島邸の俊紀の部屋ならよかったのか、はたまた佳乃の部屋ならばよかったのか……

　佳乃は乱れる思考の中で考える。

何処でも同じことである。いずれにしても、数ヶ月後に佳乃はすべてを失う。それならば、二度と立ち入らずに済むだろうこんなホテルの、狭いベッドでちょうどよかったのである。

予想どおり俊紀は巧《たく》みな誘惑者であった。口づけだけで十分佳乃を熱くし、先をねだらせる。

佳乃に抵抗する気がないことを察して、俊紀は佳乃の拘束をとく。そして、彼の二本の腕は自由に佳乃の全身を這《は》い回る。

彼の両手がたどるところに後から後から焦燥が生じ、全く未経験の佳乃を妖婦《ようふ》に変える。自分と体温の違う手がこれほど身を煽《あお》るものだとは……

慣れない体を解《ほど》くためにどれほどの時間がかけられたのか、佳乃にはわからなかった。けれど、痛みは一瞬にして終わり、あっという間に快感に呑み込まれた。

それだけとってみても、いかに俊紀が男としての経験に富んでいるかがわかる。

やはり慣れている……その事実が飛びかける意識の中、佳乃の心に楔《くさび》を打った。

二度三度と繰り返される行為により楔がさらに深く食い込む。

私はこの人の何人目の女なのだろう……。私の後に何人の女が続くのだろう……

今までと違う可能性はないのか、と朋香は言う。けれど、佳乃はそんな期待を持つこと自体が辛かった。

自分でも説明できない涙が静かに流れていく。

俊紀に背を向け、後ろから抱きしめられたまま、嗚咽《おえつ》すら漏らさずに佳乃は泣いた。

その涙が俊紀の腕に達した瞬間、佳乃は無理矢理俊紀の方に向き直らされた。

想いを遂げてなおまだ熱い俊紀の唇が涙を吸い取り、佳乃の唇に重ねられる。

「そんな風に泣くな。もっと優しくしてやるべきだったのはわかってる。だが……」

佳乃は微かに首を振る。

比べる相手はいない。けれど、きっと俊紀は十分に優しかったのだと思う。

経験のない佳乃の痛みを少しでも軽減するために、じっくりと時間をかけてくれた。

だから、そんなことで流れている涙ではない。もっともっと深くて辛い想いが流れ出していた。

「詫びる気はない。一夜限りという気もない」

俊紀は宣言する。今後お前は、私のベッド以外のところで眠らせない、と。

「そんな……宮野さんもいるのに……」

動揺を隠せない佳乃をあっさりかわして、俊紀は言う。

「宮野はなにも言わない。いつまで手を拱《こまね》いているつもりだ、と発破《はっぱ》をかけられたぐらいだ。私たちがこうなって、一番喜んでいるのは宮野かもしれない。まあ山本も似たり寄ったりだ」

では、宮野も山本も承知の上なのか。そんな状況で、いったいどういう顔をして原島邸に帰れというのだ。どんな顔で言葉を交わせと……。佳乃はさらに深いため息をついた。

宮野にとって、主《あるじ》のお手つきの使用人というのは普通の存在なのだろうか……原島家に先代から仕えている宮野。もしかしたら、先代も派手に使用人の味見をしたのかもしれない。

「早々に原島邸から出ます」

「だめだ」

「もう私があそこに住む必要はないでしょう？」

実際、夜食係として勤め始めたが、最初の親睦会からあとは、ほとんど原島邸に関わる仕事をすることはなくなった。

もっぱら俊紀に付き従い、会社の仕事を補佐する毎日である。それならば原島邸に住む必要などない。年に数回の親睦会のときだけ泊まればすむことである。

「言ったはずだ。お前を手放すつもりはない」

「仕事を辞めるとは言ってません」

「仕事だけではなく、全てにおいて、私の目の届かないところには行かせない」

「私は籠の鳥じゃありません」

「お前は私の鳥だ。飛びたければ飛べばいいし、囀《さえず》りたければ囀ればいい。ただし、すべて私の腕の中でだ。お前が望むのなら、どれだけ広い籠でも作ってやる。だが絶対に手放さない。絶対に、だ」

なぜここまで拘《こだわ》る。佳乃はわけがわからなかった。

自分が無能ではないことは知っている。宮原、原島双方で仕込まれたおかげで、何処《どこ》に出しても恥ずかしくはない程度の作法も心得ているし、外国滞在経験も多い。

だが……所詮《しょせん》それだけのことだ。自分の代わりになる人間は、特に女性としてなら、いくらでもいると思う。

「仕事はちゃんとします。ただ、あなたとこんな関係になって、平然と原島邸に住むことはできません」

俊紀は、まさかこの状態でそれを言い出されるとは予想もしていなかった。

今時、こんな古風な考え方をする女がいるなんて……

そもそも、もう何年も原島邸に住み、朝となく昼となく一緒に過ごしてきた。誰もが自分のパートナーとして佳乃を認めている。

俊紀をよく知る人間であれば、彼が何を思い何を望んでそうしているかは、簡単に想像できるだろう。

佳乃に言ったとおり、大半の人間は二人が既にそういう関係であると考えている。その意味するところを、なぜ本人だけが認めないのだろう。

五年かけてゆっくりと囲い込み、ようやく手に入れた女。これほどまでに欲しいと思った女はいなかった。欲しい女を手にする喜びが、ここまで大きいとも思っていなかった。

佳乃は俊紀の腕にしっくりと馴染む。体の全ての曲線が誂《あつら》えたように俊紀に添う。

親睦会で客を出迎えるとき、最初のダンスを踊るとき、佳乃は諦めたような表情で彼の腕の中に入る。

だがそれ以外は近寄らない。仕事をしていても、自宅にいても、目に見えない境界線を引いてその中には決して入ってこない。

その状態に、しびれを切らしたのは俊紀の方である。是が非でも我が身に括《くく》り付けたい。その決意で佳乃を抱いた。そしてその結果がこうである。甘い恋人に急変するとは思っていなかったが、それにしても……

女性に関しては百戦連勝。狙って落ちなかった女など一人もいない。

その原島俊紀のそばで五年間、一欠片《ひとかけら》の慕情も滲《にじ》ませなかった佳乃。それどころか、こともあろうに俊紀以外の男に会いに出かけた。

そしてさんざんに抱かれ尽くしても、なお距離を置こうとする。

「お前が私のベッドで眠らないというのなら、昼間の身の安全は保証しかねる。それでもいいというのなら出ていくがいい」

「なんてことを……そんなことできるはずないでしょう」

「試してみればいい」

あの社長室での激しい口づけを思い出せば、この言葉が虚言ではないことはすぐにわかるはずだ。

「そんなことになりたくはないだろう？　大人しくしていた方がいい」

そしてまた俊紀は佳乃を蹂躙《じゅうりん》し始める。

ようやく眠りを許されたときには、東の空が明るくなり始めていた。

ほんの数時間の睡眠しか取っていないはずなのに、その日の主《あるじ》は、絶好調というべきコンディションだった。

いくつかの商談を文句なしの条件でまとめ、困難を極めていた案件を綺麗に片付けた。

企画会議も最短記録で終わらせた。

「今日の社長はいつにもましてすごいわね。なにかいいことでもあったのかしら？」

会議の議事録を確認にきた専務秘書がそんなことを囁《ささや》く。

「さあ……星占いでもよかったんじゃないですか？」

佳乃はそんなとぼけた言葉を返すしかなかった。

手首と、スカーフの下に隠された、故意につけたとしか思えない首筋の痣《あざ》が、彼女の目にとまらぬことだけを祈って……

結局、昨日は原島邸に戻らず、そのままホテルから会社に出勤した。

二人が何処《どこ》でどう過ごしたか、宮野は当然わかっている。山本にも伝わっているに違いない。それどころか、運転手も日替わりで勤務する他の使用人にも……

上機嫌の俊紀と対照的に、佳乃の表情は刻一刻と暗くなっていく。それほど原島邸に戻りたくない気持ちは強かった。

俊紀に抱かれることは嫌ではない。むしろ心地よいと感じる。

しかも、その想いは俊紀自身に十分に伝わってしまっている。口で何を言ったところで体は喜んで彼を迎えるだろう。

いや、体だけではなく心も……。そこに一番大きな問題があった。

「何処かに消えてしまいたい……」

佳乃は、知らず知らずそんな呟きを漏らしていた。

もちろん、あの淫《みだ》らな脅しを前に何処《どこ》に消えるわけにもいかず、結局、佳乃は俊紀とともに原島邸に戻った。

出迎えた宮野は、さすがに大人だけあって、何も言わないし何も聞かない。だが確実に知っているのだと思うと佳乃はいたたまれなかった。

山本に会うのも辛くて、いつも愚痴を吐き出しにいく厨房《ちゅうぼう》にすら行くことがためらわれる。

今や給仕は佳乃の仕事ではないが、夕食の時間になっても食堂に現れないとしたら、また俊紀の逆鱗《げきりん》に触れるのだろう。

それでも、佳乃は一人になりたかった。屋敷の外に出ることはできないにしても……

何度目かのため息とともに階段を下りた佳乃は、門前と鉢合わせをして初めて恒例の春季親睦会の打ち合わせがあったことを思い出した。

「すみません。忘れていました……」

「無理もないわね。大事件の後では……」

この人も知っているのか……

佳乃はもう身の置きどころがなかった。目をそらした佳乃の顔色を読んで、門前は佳乃を庭にある離れに誘った。

そこは普段は誰も出入りしない、いわゆる原島邸の死角の一つだった。

「あまり嬉しそうに見えないわね」

門前は、もう何年もの付き合いとなった佳乃に言う。

親睦会やその他大がかりなパーティのたびに佳乃のコーディネイトを受け持ち、何度となく女同士の会話を重ねた彼女は、佳乃の感情の起伏に誰よりも詳しい。

自分の魅力に気づくことのないままに大輪の花を咲かせていく佳乃は、門前にとってたまらなく魅力的で、かわいい妹のような存在である。

その佳乃の憂《うれ》い顔は、門前の顔をも曇らせる。

「どこに嬉しくなる要因があるんです？」

離れの戸をしっかり閉めたあと、佳乃はそう言った。

「あら……普通なら何年も想い続けた相手に手折《たお》られたら、嬉しいんじゃないの？」

「知ってたんですか？」

佳乃はうろたえた。

あんなに周到に隠したはずの想いが、なぜこの人にばれているのか。

他には誰が知っている？　まさか俊紀本人にも……？

「大丈夫。絶対に俊紀様は気づいてない。あなたは俊紀様の前では、それは見事に自分の想いに蓋をしてたから。ただし、それ以外の人にはだだもれよ」

「だだもれ⁉」

そして門前は話してくれた。俊紀がこちらを見ていないとき、佳乃がどんな表情で彼を見ているか。どんな視線で彼を追っていたのか……

ひとたび彼が佳乃を認識した途端、そのあふれる思慕が、いかに見事に消失するのか……

「それは見事なものよ。だから、宮野さんも山本さんも、ずっと前からあなたが俊紀様をどう思ってるか知ってたはずよ」

「本人にはばれてないんですよね⁉」

縋《すが》るように言う佳乃に、門前は改めて感動してしまう。

今時、中学生でもこんなにうぶではない。ましてやこの娘は昨夜一晩中愛しい男に抱かれていたはず。その想いが俊紀に伝わっていたとしても、何を恐れることがあろうか。

しかしまあ……俊紀様もこの子相手では、随分勝手が違うことでしょうね。

門前から見ても、俊紀が佳乃をどう思っているかは明らかであった。

いかにも大事で、いかにもかわいくて、決して手放したくない存在。

元々の素養はあったにしても、マイ・フェア・レディさながらに、五年もの歳月をかけて育て上げたパートナーである。

本当は、その想いを隠すことなく佳乃に伝えたかったに違いない。けれど、当の佳乃は心に蓋をして気づこうともしない。さぞかしじれったい日々だっただろう。

昨夜の成り行きを宮野から聞いて、心からよかったと思った。今夜は、屋敷の至る所に甘い空気が漂い、想いの届いた佳乃はハート形の瞳になっているに違いないと思っていた。

それなのに……それなのに……この娘と来たら……

「なにが問題なの？　私でよければ相談に乗るけど……」

あまりに深刻そうな佳乃の顔を見て、門前はそう言わざるを得なかった。

「私……あとどれぐらいここにいられると思います？」

「はあ⁉」

門前は絶句した。

「まさかと思うけど……俊紀様が、あなたを首にするとでも思っているの？」

「飽きた女をいつまでも身の回りには置かないでしょ？」

「飽きるならとっくに飽きてると思わない？　もう五年でしょう」

「部下としての五年とは違うと思います。なにせ、最長交際記録六ヶ月の人だし」

「それは……」


こういうのを自業自得というのだろうか。


門前は、華々しかった原島俊紀の女性遍歴《じょせいへんれき》を思った。

半年以上交際の続いた相手はいなかった。だから、自分も半年以内に放り出されるに違いない。

確かに、佳乃がそう思っても無理はないのかもしれない。いくら我慢の限界だったとしても、そのあたりをきちんと伝えずに、体だけを重ねてしまった俊紀の罪である。

しかも、佳乃の様子を見るに、徹底的にやってしまったらしい。

耳年増かつおそらく無経験のまま、いきなりそんなことをされれば、体目的と思われても仕方がない。

「どうせ遠からずここで暮らせなくなるんだから、早い時期に外に出て、いろいろ準備した方がいいと思うんですよ。全部一緒になくすのは辛いです……職と住まいと……」

それから恋人と……。門前は佳乃が口にできなかった一言を、心の中で付け加えた。地球の終わりが来ても、あの人がこの娘を手放すことはないはず。それを知らぬは本人ばかり……

「で、俊紀様はなんて？」

佳乃はその質問に、見事なぐらいの赤面で答えた。

きっと俊紀は不埒《ふらち》な止め方をしたのだろう。どこまでも彼らしく、また彼らしくなく……

「考えすぎるから混乱するんだと思う。しばらく考えるのやめたら？」

「だけど……」

「もし俊紀様があなたを遠ざける日が来たら、そのときは私が拾ってあげる」

「ほんとですか!?」

「あなたはセンスがいいし、場数も踏んでるから、いいスタイリストになるわ」

「よろしくお願いします‼」

ようやく佳乃が少し元気になり、門前はほっとした。だけど……そんな日が来ることはない。

今年も、来年も、そのずっと先も、私はこの子の着せ替えを楽しめるだろう。年を重ねる毎に綺麗になっていく、近頃の娘には珍しく、外面と内面の美しさを併せ持つこの娘を。

結局、離れで親睦会の打ち合わせを終えた門前は、屋敷には戻らず、そのまま帰っていった。

原島邸の庭は広い。そしてまだ肌寒いこの時期、人は寄りつかない。誰に出くわすことなく、つまり佳乃の所在を尋ねられることなく、屋敷を出ていったことだろう。

佳乃はやっと一人になることができた。

腕時計を見ると時刻は八時過ぎ。俊紀は食事を終えた頃である。

このままここで夜を明かしてしまおうか……

春の肌寒い夜とはいえ、離れの中は存外暖かい。

夕べはほとんど眠っていない。そのまま出社したのだから、疲れはたまっている。佳乃はいつの間にかソファにもたれて眠ってしまった。

俊紀は、帰宅後一向に姿を見せない佳乃を探していた。

宮野や山本に尋ねてみたが、見ていないという。部屋にもいなかった。ただし、外に出た形跡はない。

広い屋敷を探しあぐねて窓辺に立って外を見たとき、離れに灯りを認めた。三階から駆け下りて離れへ急ぐ。中に入って見つけたのは、あどけなく眠りこける恋人。

「まったく……なんでこんなところで……」

そう呟きかけて、夕べ眠らせなかったのは自分だと思い至る。

何の経験もなく、あの嵐のような一夜を過ごさせられたら、疲れ果てるのも無理はない。しかも、今日は一日あれこれと忙しかった。帰宅後に門前が打ち合わせに来たことも聞いている。

起こすに忍びなくて、彼はそのまま佳乃を抱き上げ、自分の部屋へ運んだ。キングサイズのベッドに彼女を寝かせる。自分もその隣に滑り込み、満足げに微笑むと、一瞬の口づけのあと眠りに落ちていった。

†

あたたかい……


夢も見ずに眠りこけ、朝日に起こされた佳乃が、一番最初に感じたのはそれだった。

昨夜離れで、ここで眠ったら風邪を引くかも、と思いながらも睡魔に引き込まれた。それにしては心地よい目覚めである。

そして次の瞬間、自分の真横に眠る主《あるじ》を発見して、ぎょっとした。

慌てて見回すと、そこは離れではなく、俊紀の巨大なベッドであった。

いつの間に連れてこられたのか……。一六三センチの佳乃を、軽々と抱きかかえられるとしたら、それはもちろん、隣で眠る大男であろう。しかも、離れからこの部屋までの距離を考えると、誰にも見られなかったはずがない。

朝っぱらから佳乃は、これ以上はないというぐらい落ち込んだ。

見あたらない佳乃を探し出した暴君が、何をするかぐらい予想すべきであった。

なにしろ、絶対に自分のベッド以外では眠らせないと豪語する男だ。これなら大人しく任意出頭した方がましだった。

「恥の上塗りだ……」

「なにが恥だ」


昨夜九時という早い時間にベッドに入り、二晩分の眠りを十分にむさぼった俊紀は、まだ朝の五時だというのに、佳乃が身じろぎしただけで目を覚ましたらしい。

それどころか、瞬時にして佳乃をベッドに押さえつける。

なんて寝覚めのいい男なのだろう。そういえば、昨日の明け方も、佳乃がビジネスホテルのベッドから抜け出そうとした瞬間腕に力が込められ、脱出不可能となった。

「ビジネスホテルのシングルベッドでは狭いです」

そう抗議する佳乃を、自分の体にぴったり抱き寄せ、これでよかろうと言わんばかりに眠りに落ちていった……。限りなく美しい顔で……

「私は別に何も恥ずかしくないぞ」

「あなたはそうでしょうとも」

生まれたときから使用人に囲まれ、彼らなど壁の一部かそれ以下の存在と割り切っている俊紀と違って、佳乃はごく普通の感覚で育てられた。

人前ですべきことと、すべきでないことの区別は十分ついている。その価値観の違いをどう伝えればいいのか……。だが俊紀は平然と言う。

「もう我々の関係は周知の事実だ。諦めてさっさと慣れた方がいい」

そう言うが早いか、彼はまた佳乃を『慣れさせる』ための作業を開始した。

†

平然と、とはいかなくても、普通に宮野や山本の顔を見られるようになるまでに、およそ半月の時間が必要だった。

誰もが事情を知っていながら、決してそれに触れないことが、逆に佳乃を追いつめる。いっそ冷やかされでもした方がましだった。

それでも、時は確実に過ぎ、俊紀のあからさまな行為を止める術《すべ》はいまだないものの、なんとか彼らと普通のやりとりができるようになった頃、春の親睦会がやってきた。

「見る人が見たらわかってしまうんでしょうか……」

例によって、門前の着せ替え人形状態の佳乃が不安げに言う。

新緑を思わせる鮮やかな緑のドレスを佳乃に渡しながら、門前は聞き返した。

「なにが？」

「なにって……その……」

門前は、佳乃のばつの悪そうな顔を見て笑う。

「あなたと俊紀様の関係？」


わかるわけがないじゃないの。

彼女を安心させるために、そう言ってやりたかった。

けれど、この半月の間に佳乃は見事なぐらい美しくなった。もともと綺麗な子ではあったが、さらに女性として磨き上げられてしまった。

前回の親睦会から四ヶ月、その変化に気づくものも多いだろう。

その上、その磨き上げた張本人である原島俊紀は、これまで以上に佳乃を放さない。

山本らによると、熱愛と呼ぶに相応《ふさわ》しい寵愛ぶりだそうだ。

意識しているのかいないのか定かではないが、明らかにスキンシップも増えている。

触れたくても触れられなかった五年間を取り戻すかのようである。


これは私の女だ。

その無言の主張が眼差しにこもっている。

もしも、誰かが佳乃にちょっかいをかけようものなら、その場で撫斬《なでぎ》りにされるだろう。


「本日私は、主《あるじ》の愛人という会場一、身持ちの悪い女のレッテルを貼られるわけですね……」


佳乃の言葉を聞いて門前は唸った。

主の愛人。それが佳乃が自分に与えた称号なのか。

俊紀はまだその問題を放置しているのか。

五年もかけて落とした女に対する仕打ちにしてはあんまりである。

いや……きっと俊紀は、佳乃がそんな風に考えているなどとは、思ってもいないのだ。

佳乃はあまりにもまっすぐな思考の持ち主で、俊紀には謎だらけに感じられるのだろう。

だからこそ、決して放すまいと拘束を厳しくしてしまう。本当につかみ取らねばならないのは、彼女の心の方だと気づけずにいるのだとしたら、誰かが忠告する必要があるのかもしれない。

「社長のご両親の顔、直視できそうにありません」

佳乃は嘆き続ける。

その原島孝史夫妻は、佳乃の手を取って踊り出しかねないと門前は思う。

彼らは、あの最初の親睦会で息子の隣に立つ佳乃を見た瞬間から、二人がこうなる日を待ち続けていたに違いない。

女たちをとっかえひっかえしてきた息子が焦《こ》がれる存在を見つけ、人並みの慕情を育てていくのを見て、どれほど安心したことか……

彼女が登場して以来、あれほど頭を悩ませていた俊紀の女性問題が、ぴたりとやんだ。

もう何処《どこ》かから令嬢を連れてきて、嫌がる俊紀にあてがう必要もない。

というよりも、もうどんな女性を連れてきたところで、俊紀の興味を引く存在にはなり得ない。

「そんなに心配いらないと思うわよ」

辛うじてそんな慰めを言う門前に、佳乃は自嘲たっぷりに言葉を返す。

「そうですよね……。何も私が最初というわけでも、最後というわけでもないんですから」

肩を掴んで揺さぶってやりたい。

でも、そうしてやりたいのは、この娘をなのか、俊紀をなのか門前は自分でもわからなかった。

そうしている間にも、佳乃の支度は順調に調《ととの》い、彼女は客を出迎えるために、玄関ホールへと出ていった。

エメラルドグリーンのドレスと、それにあわせたグリーンのチョーカー。ネックレスを省《はぶ》いて、いつもならしないチョーカーを選んだのは、首筋に付けられた主《あるじ》の所有印を隠すため。

大人げの欠片《かけら》もなく、世界中に向けて所有権を主張したいのであろう俊紀。

これほどまでに想われているのに、不安の嵐に呑まれっぱなしの佳乃。

まったく世話が焼ける二人である。

佳乃を見送った後、門前は厨房《ちゅうぼう》の山本のところに行った。

原島邸の万能シェフは、あらかた支度を終えて休憩中だった。

客が到着すればまた戦争のような忙しさになるのであろうが、今なら少し時間が取れるだろう。

「ちょっといいかしら？」

珍しく厨房に入ってきた門前を、山本は平然と迎えた。

「どうぞどうぞ。なんなら宮野さんも呼びましょうか？」

これは何の話かわかっている。それなら手っ取り早い。

「いったい、俊紀様は、あの子をどうするつもりなの？」

「そんなに危機的な状況ですか？」

これだから男って奴らは……

佳乃がどんな心境でいるかなんて、わかろうともしない。門前は、新たな怒りがわいてくるのを禁じ得なかった。

「あの子が、自分のことをどういう位置においているか知ってるの？」

「原島家の未来の女主人でしょう？　それもかなりの近未来ですよね。少なくとも、俊紀様はそのつもりだと思いますよ」

「もし俊紀様がそう思ってなかったら、毒でも盛ってやるわ。でも、あの子自身は、最新の愛人としか思ってないみたいよ。しかも賞味期限六ヶ月の」

山本は思わず飲みかけのミネラルウォーターを噴きそうになった。辛うじて飲み下し、まじまじと門前を見つめる。

「なんでそんなことに……どう考えたらそんな結論にたどり着くんです？」

「あまりにも即物的、かつ動物的に愛情を表現しすぎてるんじゃないの？　人間なんだから、もう少し言葉というものを駆使して然《しか》るべきでしょう？　いくら五年越しの成就で嬉しくて仕方がないにしても、いい年の男が、彼女を見るたびに襲いかかってるだけじゃ彼女が勘違いするのは無理もないわ」

「いや別に、毎度襲いかかっているわけでは……」

と庇《かば》いかけて、山本は言葉を途切れさせた。

毎度襲いかかっているに違いないのだ、俊紀は。

例の一件以後、佳乃が自分の部屋で眠っていないことは明白だった。

二人が一緒にいる場合、佳乃はたいてい主《あるじ》の腕の中にいる。

もちろん、使用人の目があるときは佳乃は必死で俊紀の腕から逃れようとしているが、俊紀がそれを許さない。

主の評判のためにも、せめて会社ではちゃんと仕事をしていることを祈るしかない状態だ。

「とにかく、あの子はそう思っているの。そして苦しんでる。もしかしたら手帳のカレンダーにあと〇日、とかいうカウントダウンがあるかもしれないわよ。それって、あまりにも現実とかけ離れているし、可哀想すぎるでしょう?」

「わかりました。なんとかしてみます」

「お願いね。本当なら、ご当人に直接苦情を申し立てたいぐらいだけど、さすがにそれだけの度胸はないの。あなたや宮野さんなら、上手く伝えてくれると信じてるわ」

そして門前は出来上がったばかりのカナッペを一つつまんで厨房《ちゅうぼう》を出ていった。

「ですって……どうします?」

山本は、食器棚の陰に立っていた宮野に問いかける。

そこに彼がいることには気づいていた。原島邸の古狸《ふるだぬき》である宮野が、佳乃の憂《うれ》い顔を気にしていないわけがない。

そして、一番直接的に佳乃と繋がっている門前からの情報を聞き逃すはずがないのである。

「あまりにも純真で、でも勘違いする程度には耳年増である、というのは困りましたね」

宮野は苦笑いとともに言う。

「俊紀様が聞いたら、呆れるのを通り越して怒り出しそうです」

そしてまた泣き出すほどに抱き潰すのであろう。でも、それでは一歩も前進しない。

「いっそ孝史様が、はっきり問いただしてくれないものですかね？」

と山本は先代に望みを託す。使用人には無理でも、親ならできる話である。

「それはいいアイデアかもしれません。ちょっとお願いしておきます」

宮野はそう言うと厨房《ちゅうぼう》を出ていった。そろそろ客が到着し始める。

原島孝史夫妻は、たいてい一番乗りで現れるから、おそらくウエイティングルームで密談することができるだろう。

†

原島孝史は冷静な父親だったが、宮野の話を聞いたあと頭を抱えた。

「私の息子はそこまで馬鹿だったのか！」

出迎えにきた俊紀と佳乃の立ち位置が前回より遥《はる》かに近く、かつ自然と寄り添う形になっていた。

やっと落ち着くところに落ち着いたな、と安心した矢先であった。

あの得難い娘を、そんな下らない不安に陥《おとしい》れるほど言葉の足りない息子。

女を口説くことなどお手のものなのだ、安心させる言葉などいくらでも吐けたはず。

あまりに本気すぎて、そういったテクニックが一切使えなくなってしまったのだろうか。

そう呆れるとともに、孝史には、谷本佳乃という女性がこれまで以上に稀少なものに感じられた。

原島財閥を率いる独身の主《あるじ》と関係を持って、ここまで無欲でいられる女性というのは希有《けう》である。たとえ彼女の思うとおり愛人だったとしても、普通であればもう少し得られるものを夢描くだろう。

「あの娘に野心や下心は一切ありません。現に、あれこれ俊紀様がプレゼント攻勢を掛けても、端から断っています」

佳乃は、洋服、バッグ、果ては貴金属に至るまで、全てを送り返している。

佳乃は、俊紀の出入りの店を全部把握しているのだから、容易《たやす》いことである。一度など、本気で怒鳴りつけている佳乃の声を聞いた。

「だから、何もいらないって言ってるじゃないですか‼」

そして彼女は、普段の言動からは想像もつかないほど大きな音を立てて書斎のドアを閉め、走り去った。もちろん、即座に俊紀が追いかけ、いつもどおりの展開になったのだが……

あのときは、何でもない痴話《ちわ》げんかに見えた。

しかし佳乃にしてみれば、次々にものを買い与えようとする俊紀の態度に、さらに自分が愛人であるとの思いを深めたのだろう。

六ヶ月で終わるのならいっそ思い出に残るようなものは何一ついらないと……

「あまりにも馬鹿すぎて、彼女に愛想をつかされかねん……」

そうなる前に何とかしなくては……

まあ、これはあんな馬鹿に育てた親の責任だろうな……と孝史は腰を上げた。

†

腰に回された腕が熱かった。佳乃はいつも以上に敏感になっている。

これまでなら、腕を回されてもそれはあくまでも形式上のことで、ある程度の距離があった。それが、今回はもう恥ずかしくなるほどぴったりと抱き寄せられている。

客が揃い、親睦会が始まった後も、客たちと歓談したり、飲み物を勧めたりしている佳乃から全く目を離さない。

当然、彼自身も客の応対に追われてはいるのだが、視界の端に必ず佳乃を捕らえていた。

佳乃がダンスをすれば、相手の男性を絞め殺さんばかりの目で見る。

ある程度覚悟はしていたものの、これでは二人の関係の変化を隠しようもない。

「勘弁してほしい……」

俊紀の視線に耐えかねて、佳乃はテラスに出た。

客の接待をしなければいけないのはわかっていたが、一息入れないと燃え出してしまいそうだった。

「少しお話ししてもいいかしら？」

そこに現れたのは、今宵、もっとも言葉を交わしたくない女性だった。

「和子様……」

息子の愛人と話したいこととは何だろう。

スキャンダルになる前に別れてくれ？　それとも、手っ取り早く手切れ金の話だろうか……。いくらで息子と別れてくれるのかしら？　とか……

私は、いくらもらえば自分の人生を諦められるのだろう。

いずれにしても、ありがたくないことこの上ない。

「申し訳ございません」

取りあえず謝っておけ……と考えるなんて、あまりにも佳乃らしくなかった。言われた和子も驚いたのだろう、一瞬口ごもる。しかし、そこは長年にわたり、この屋敷の女主人だっただけのことはある。即座に態勢を整え直した。

「あなたが謝るようなことをしたとも、しているとも思えないのだけれど？」

婉然《えんぜん》と微笑む彼女の眼差しは、やはり主《あるじ》にそっくりであった。

決して何も見逃さない眼差し。

「時がくれば問題は解決します。私は何も要求しませんし、何処《どこ》にも情報を売りません。半年過ぎたら、跡形もなくこの屋敷から消え去りますから」

ありったけの勇気でもって、和子に真っ向勝負を挑む。

それなのに、和子は依然として微笑むばかりだ。

「そんなことを俊紀が許すとお思い？」

何を言っているのだ、この人は。

何人もの女性を、半年ごとに切り捨てていた息子の過去を知らぬはずがないのに……

「あなたがこの屋敷からいなくなったら、あの子は半狂乱になるでしょう。親としてはそんな姿は見たくないわ」

「今だけです」

「谷本さん。俊紀は馬鹿な子だけれど、愚かではないの。やっと見つけた宝を、みすみす手放すようなことはしないわ。ただ、今まであの子の感情を先読みしてあれこれ世話を焼く人間に囲まれすぎていたおかげで、意思伝達の基本を学び損ねているようなの。そこのところ、少し大目に見てやってくれないかしら」

佳乃にしてみれば、はあ⁉ と不躾《ぶしつけ》に問い返したいぐらいであった。

意思伝達の基本を学び損ねている？

あれほど欲しいものを欲しいと言い、嫌なものは嫌だと言い張る人間は見たことがない。

こと佳乃に関して、彼は常に全てを望み、何一つ諦めない。

それぐらい俊紀の意志は強固で明確だ。

この母親は、息子をかわいく思うあまり、俊紀の真の姿が見えていないのではないか。

そもそも宝って誰のことだ。こんなに代替品《だいたいひん》の多そうな宝、そうあるものではない。

「率直に聞くけど、原島邸の女主人になる気はないかしら?」

和子はまっすぐに佳乃を見て言った。佳乃は詰めていた息をようやく吐いて答えた。

「和子様、私は身の程というものをわきまえています。社長がどういう方かもよくわかっております。私は、この屋敷に永続的にいられるような人間ではありません。時が来たら、自分の始末は自分でつけますのでご安心ください」

そして彼女は喧噪《けんそう》の中へと戻っていった。

その後ろ姿を見送った和子は、大きなため息をついた。

「身の程は知っているのかもしれないけれど、自信がなさすぎるのは問題ね」

俊紀が彼女を追う視線。それはもう目を覆いたくなるほど激情にあふれている。

視線で人が殺せるならば、今夜、彼女と言葉を交わした男性は、全て俊紀に射殺されているだろう。

あんな視線を一身に受けておきながら、自分の立ち位置を確信できない。

俊紀の親であり、先代当主の妻である自分が、この屋敷の女主人に……と言えば、それはすなわち俊紀との結婚を意味する。

その申し出を何のためらいもなく蹴る娘。それでこそ俊紀に相応《ふさわ》しい。

だが、あの娘をつなぎ留めるのは並大抵のことではない。

「自業自得とはいえ……俊紀も大変だわ」

そうは言いながら、何となく面白がることをやめられない和子だった。

†

客への応対が一段落し、夜も更けた頃、原島孝史は俊紀を書斎に呼び出した。

原島邸を含めて原島財閥の全てを俊紀に譲ってから十年、孝史は俊紀の判断を疑ったことなど一度たりともなかった。

後継者として必要なことはしっかり仕込んだし、己の手を離れてからも順調に成長している。だから、こんなに真顔で俊紀を呼び出したのは久しぶりであった。

「なにかまずいことでも？」

息子の女性問題に言及することは、父親として望ましいことではなかった。

けれど、今回ばかりは問題の所在を明らかにしておかないと、俊紀はかけがえのないものを失うだろう。

「まずいことではない。基本事項の確認だ」

いぶかしげに自分を見る俊紀に言う。

「結婚するつもりか？」

もしや反対されるのでは……と危惧したのだろう、俊紀は瞬時に気色ばむ。

「するに決まっています。もし反対だというのなら……」

「落ち着け。誰も反対なんぞしていない」

「なら、何も問題はないですね」

肩の力を抜いて俊紀が答える。

「私たちは大歓迎だ。ただし、本人が妙な誤解をしているらしい」

「妙な誤解？」

「門前から山本を経由し、最終的に、宮野から直々の申し立てがあった」

俊紀は、わけがわからないという顔をする。

「谷本佳乃は目下、お前の最新の愛人を務めているらしい。従って、六ヶ月以内にお役ご免となり、この屋敷から出ていく予定、とのことだ」

「な……」

俊紀は開いた口がふさがらなかった。

「そう思わせたのはお前自身だ。何とかしないと本当に出ていくぞ」

「そんなことさせるか！」

「ならば説得しろ。体ではなく心を納得させろ。それも可能な限り迅速《じんそく》に。そうでないと手遅れになる。私の話はそれだけだ」

そして孝史は、呆然としている息子を残して出ていった。

俊紀はあまりの衝撃に、書斎の椅子に座り込んだまま身動きできなかった。

なぜそんな誤解を……と思いかけ、自分が佳乃にしてきたことを思い出す。

必要なことを言葉にしていなかったという事実に打ちのめされる。

どんな迷いも、抱きしめていれば振り払えると言わんばかりに……

過去の愛人たちに食事を作らせたことなどない。

この屋敷の、自室のベッドに入れたことも一度もない。

親睦会のホステスはおろか、客として出席を許したことすらない。

だが、そんなことは佳乃の知るところではなかった。

それは、俊紀が説明しなければならないことだったのである。

佳乃が特別であることを、俊紀自身が百の言葉、千の言葉でもって佳乃に語り、自覚させねばならなかった。


佳乃を見ると、俊紀の唇は、言葉を口にするより先に口づけを選ぶ。忙しい日常の中で時間があれば、語らうよりも体を重ねたかった。自分の腕の中で溺れる佳乃を見るのが好きだった。

それで自分の想いの熱さは伝わると信じていた。

それがこんな形で佳乃を不安に陥《おとしい》れていたとは……


「俊紀様。そろそろ散会のお時間です」

宮野の声で我に返ったときには、深夜になりかかっていた。

「なにかお飲み物でもお運びいたしましょうか？」

宮野が半ば虚脱状態の主《あるじ》の様子に、心配そうに言う。

「いや……いい」

「先代とお話しになられましたか？」

「ああ……お前たちにも心配をかけたな」

「差し出がましいことを申しました。しかし……」

「わかっている。言われなければ大変なことになっていた。あいつを失うわけにはいかない。気づかせてくれて感謝している」

不気味なほどに素直だった。それほどの衝撃だったらしい。

だが、気づくことができたのならば対処は可能だ。俊紀はきっと、難なく佳乃を説得するだろう。

宮野は一礼して書斎を去った。

ホールに戻った俊紀は、佳乃とラストダンスを踊った。

相変わらず、人前で自分の腕の中にいることに慣れない佳乃。その彼女を、あえてぎりぎりまで抱き寄せ、俊紀はその耳に囁《ささや》いた。

「終わったら話がある」

傍目にもはっきりわかるほど佳乃の肩が震えた。怯《おび》えたような目が俊紀を見る。

「なにか?」

「あとで。着替えたら部屋に来てくれ」

俊紀は、それ以上口を開こうとせず、無言でダンスを終わらせた。

口々に礼を言い、客が帰り始めた。いつもどおりに彼らを見送り、佳乃は支度室に戻る。

毎度のことながら、親睦会が終わるとほっとする。

支度室でヒールを脱ぎ捨て、ドレスを放り投げる。

慣れたジーンズとトレーナーに着替え、ようやくいつもの佳乃に戻った。

「あなたには、もう少し着るものを大切にしていただきたいものね」

門前がやれやれと肩をすくめながら苦情を言う。

「着たくない服を何時間も着てただけでも褒めてほしいです。どうしてこんなに動きにくい服ばっかり着せたがるんですか？」

「似合うからに決まってるじゃない」

「似合いません！　私に一番似合うのは柔道着です」

「じゃあ一度、柔道着で親睦会に出てみる？」

「……そんな度胸ありません」

「でしょう？　いい加減諦めなさい」

「でもまあ……この親睦会も、あと一回ってところですけどね」

そう言うと、佳乃はまた例の諦めたような顔で笑った。

もしかしたら、その一回もないかもしれない。俊紀の話とは何だろう……もう、はや暇が出されるのだろうか……

親睦会が終わって、ほっとしたのもつかの間、佳乃の顔はまたしても不安で翳《かげ》っていた。

俊紀様、この娘とっとと何とかしてください。

門前は心の中で祈る。

サイドテーブルにおいていた佳乃の携帯が鳴ったのはそのときだった。

表示された番号を目にした瞬間、佳乃の顔から血の気が失せる。

「どうしたの？」

佳乃のあまりの動揺ぶりに、門前が驚いて尋ねる。けれど佳乃はそれに答えず、携帯電話を掴んで飛び出していった。

佳乃は自室へ向かって走りながら、鳴り続ける携帯電話の通話ボタンを押す。

「なにかあったの⁉」

相手は宮原静代《しずよ》。いうまでもなく母方の祖母だった。宮原家から直接佳乃に連絡がくるときは、祖父の宮原新蔵《しんぞう》からに決まっていた。よほどのことがない限り、祖母からの連絡はない。前回この番号から電話があったときは父母の死を知らされた。今回は……

「おじいさまが亡くなりました」

夫を失った直後でも自分を失わない祖母。けれど佳乃にはわかる。この気丈な祖母がいかに努力してそうしているか。娘夫婦を失ったときも、佳乃が宮原に戻ることを拒否して原島の保護下に入ったときも、彼女は最大の努力でもって平静を装っていた。

宮原に帰らねば……とにかく祖母のもとに戻らねばならない。

そう思った瞬間、俊紀の顔が浮かんだ。

俊紀は話があると言った。きっと佳乃を待っているだろう。けれど、詳しい説明をしている時間はなかった。事後承諾もやむを得ない。佳乃は玄関へと急いだ。

「谷本さん、どちらへ⁉」

偶然通りかかった宮野が慌てて尋ねた。これを無視してはまた大騒ぎになる。

「祖父が亡くなりました。宮原に戻ります。おそらくずっと……」

悲痛な面持ちで言い捨てて、佳乃は原島邸を後にし、タクシーに乗り込んだ。

第三章　宮原の後継者

なぜこのタイミングで……と宮野は失意のどん底であった。

和子が佳乃の説得に失敗したことは聞いている。やはり佳乃を納得させることは、俊紀本人にしかできない。

だが、その俊紀が話をする前に、佳乃が宮原家に戻ってしまった。

佳乃は、宮原家にとってただ一人の後継者である。

宮原新蔵が死んだとなると、ますますその存在は貴重となる。仮に、本人が一時的な帰宅と考えて宮原家に戻ったとしても、あちらはそうは考えない。

それこそ監禁してでも誰かと結婚させ、宮原を継がせることだろう。旧家のやりそうなことなど想像に難くない。

そうなったら、佳乃はどうなる。そして俊紀は……

佳乃の後を追って走ってきた門前も、真っ青になっている。

ようやく問題の本質を俊紀に自覚させ、前向きな展開になりそうだっただけに、この状況は痛い。せめてあと一晩あれば、俊紀は間違いなく佳乃をつかまえ、ありとあらゆる手段で彼女を陥落させただろう。

短気な俊紀である。面倒くさいとばかりに即日入籍もあり得た。そうなれば、いかに宮原家といえど手の出しようがない。

けれど、佳乃はシンデレラさながらに走り去ってしまった。

「どうしよう……」

門前は泣き出しそうになっている。海千山千のこの人をしてこの状況。

誰が俊紀にこの事態を告げるのか……

告げぬわけにはいかない。むしろ即刻知らせて対策を練る必要がある。

「俊紀様にお知らせして参ります」

それはもちろん宮野にしかできないことであった。

「谷本さんが屋敷を出られました」

「なに……？」

俊紀は談話室にいた。孝史、和子も一緒だった。

その三人が衝撃のあまり一斉に立ち上がる。

「間に合わなかったの？」

和子が俊紀を問いただす。それを押しとどめて宮野が言葉を重ねる。

「状況はもっと悪いと思われます」

ただ出ていっただけなら、いつかのように捜して連れ戻せばいい。それは決して難しいことではない。けれどこの状況は……

「谷本さんは宮原家に戻られました。ご当主が亡くなられたようです」

それが意味するところを悟った孝史と和子は、二人してがっくりと椅子に座り込んだ。

俊紀は不気味なほどに静かだった。

俊紀にはわかっていた。祖父の死を前に、家に戻らせないなどということが通るわけがない。けれど、このまま手を拱《こまね》いているつもりもない。

「俊紀……」

和子が窺《うかが》うように俊紀を見た。

「大丈夫。すぐに連れ戻します」

俊紀は先代夫婦に向かってそう宣言した。全く諦める気のない息子を見て、安心したように孝史が言う。

「彼女がいなければ、早晩お前はつぶれるだろう。だったら、宮原相手に討ち死にしたところで同じことだ。せいぜい頑張ってくれ」

「私が、宮原ごときに討ち死にするわけがないでしょう」

「まあ、それはそうだな」

「宮原が相手なら心配ないけど、佳乃さんが相手だとしたら手強《てごわ》いわよ」

極めて意地の悪い発言をしたのは和子である。俊紀の性格は母譲りだ。

「お母さん……」

「冗談よ。まあ精々頑張って取り戻してきなさい」

そして三人は生き生きした顔で戦略を練り始めた。

†

最後にここに来たのは、両親の葬儀のときだった。

まだ未成年だった佳乃に喪主がつとまるわけもなく、父方の祖父母も既に他界していたため、葬儀は宮原家から出された。

旧家らしい大きな門をくぐって中に入ると、そこには既に黒白幕が張られ、深夜にもかかわらず通夜の支度が始まっていた。宮原家の女中頭《じょちゅうがしら》が佳乃に気づき慌てて出迎える。

「佳乃様、よくお戻りくださいました！」

「遅くなりました。祖母は？」

「静代様は旦那様のおそばに……」

確かに、他に彼女の居場所はないだろう。佳乃はそのまま屋敷にあがり、奥の間に進んだ。いつもどおり襟元をきちんとつめて和服を着た静代は、瞑目《めいもく》して亡夫の枕元に座していた。

「おばあさま……」

そっとかけられた声にゆっくりと目を開き、静代は佳乃を振り返る。

「佳乃……」

「遅くなりました」

「久しぶりですね」

佳乃の無沙汰を責める色が少しでも滲《にじ》んでいたら、佳乃も反発を覚えたかもしれない。

だが静代の中にそんな気配は欠片《かけら》もなく、ただ伴侶を失った哀しみに満ちている。その哀しみはあっという間に佳乃を捕らえた。

「とうとうこの家も、私一人になってしまいました」

逆縁で一人娘を送り、そして今、当主である新蔵を失った。佳乃はそもそも谷本姓である。

もはや宮原を名乗るものは静代だけであった。

「いよいよ、お前にこの家を継いでもらうしかなくなりました」

感情を切り離したような面持ちで静代は言った。もう待ったなしの状況だというのは佳乃にもよくわかる。静代にとっては佳乃は最後の砦《とりで》だろう。

宮原家は代々の書家である。たくさんの門下生を抱えているし、各地に教室も持っている。

新蔵が逝《い》き、いずれ静代が逝けば、教えは途絶えてしまう。おそらく静代は、あちこちの教室を任せている弟子のうちの誰かと佳乃を結婚させ、夫婦養子にでもとる心づもりだろう。

宮原流総本家当主の地位を目の前にぶら下げられて、この縁談を断る弟子はいない。

「養子にとるのであれば、私である必要はありません。弟子同士ででも結婚させて、その二人を養子に取ればすむことです」

過去何度も繰り返された会話である。佳乃は、次に出てくる静代の言葉までわかっている。それでも、言わずにはいられなかった。

「それでは宮原の血が絶えてしまいます」

元々絶えかけている血を無理に存続させる意義が何処《どこ》にあるのだろう。

大切なのは宮原流と言われる書の存続ではないのか。それは数多くの弟子たちがきちんと継承しているのだから、そこに遺伝子の裏付けは必要ない。

けれど祖母は頑《がん》として譲らない。

宮原を継ぐものには、宮原の血が流れていなければならないのだと……

そして静代は佳乃に引導を渡した。

「お前の相手はもう決めてあります」

これは初めての展開である。きっと祖母は祖父が長くないと悟った瞬間から、具体的な人選を始めていたのだろう。

いくら佳乃でも、祖父の葬儀には戻ってくるはずだ。この機会を逃すと、また佳乃は原島財閥という強大なバリアの向こうに消えてしまう。あの食えない男は言を左右にするだけで、佳乃を宮原に戻す気などない。これが唯一無二の機会であった。

「で、その相手は納得したのですか？」

「もちろんです。あちらからの申し入れですから」

「酔狂な……」

この期に及んでも相手の名を聞こうとしない佳乃にしびれを切らして、静代が告げた。

「相手は鳥居道広です」

なぜここでその名前を聞くのか……。佳乃は言葉を失った。

彼は確かニューヨークの銀行マンではなかったか。祖母はさらに佳乃を驚かせるような話をする。

鳥居道広は、幼少の頃からずっと宮原の門下生だった。

子どもの手習いで終わることが多い中で、中学、高校、大学と途切れることなく研鑽《けんさん》を積んだが、就職を機に教室を離れた。

講師として残るという道もあったのだが、本人の意志で銀行への就職を決めたという。

それがこの春、何を思ったか突然宮原家に現れ、佳乃との縁談を申し入れてきた。

新蔵も静代も彼の人となりや書道の腕前はよく知っており、願ってもない話と受け入れた。もちろん条件は宮原の後継者として養子にはいることであったが、鳥居は欠片《かけら》もためらわなかったらしい。


「お前も面識があるそうですね。お前にとっても悪い話ではないでしょう」

静代は静代なりに、佳乃の幸福について考慮したらしい。

成功した銀行マンである鳥居道広が銀行を辞めてまで望むのだから、彼が佳乃を想う気持ちに嘘はない。

いくら後継者として有望でも、全く気の合わぬ相手を孫娘にあてがうのは忍びない。

そんなときにタイミングよく現れた鳥居。新蔵も静代も、諸手をあげて迎え入れたというわけである。

「喪が明け次第、結納を交わします。これはおじいさまの遺言でもあります。そのつもりでいなさい」

これはさっき死んだばかりの人間の枕元でする話なのか……

あまりにシビアな展開に、佳乃はついていけなかった。

ただ、昔から静代はこういう人だった。どんな状況でも常になすべきことを考え、あるべき姿を追求する。だからこそ、佳乃の母もたまりかねて逃げ出したのだろう。父のもとへと逃げ出せた母はいい。でも私には人生を丸ごと抱えて逃げ込める相手はいない……

佳乃はただただ虚《むな》しかった。

†

日柄がよくなかったことと、遠方から来る弟子たちも待とうということで、宮原新蔵の通夜は、それから二日後に執り行われた。

その間、佳乃はずっと静代のそばにいて、あれこれと準備や片付けに追われた。もちろん原島邸に戻ることは許されず、連絡を取ることもできなかった。

いや、正確には違う。佳乃が連絡をとろうとしなかった。電話をかけて言うべきことなど、一つもなかったのだ。もはや原島邸に戻れる見込みはない。身の回りのものを取りに行くことはあっても、今までどおり俊紀のそばで暮らせる可能性など少しもなかった。そんな状況で、どんな言葉が告げられるというのだろう。

佳乃が原島邸に住み込んで以来、これほど俊紀と接触しなかったことなどなかった。特にここしばらくは常に体温を感じられる位置にいたため、時とともに淋しさが募ってくる。佳乃は参りかけていた。きっと俊紀の声を聞いた途端に泣き崩れるに違いない。最後の最後で、そんな醜態《しゅうたい》をさらすことはできなかった。

全国から門下生が集まり、巨大な祭壇の前で涙を流す。喪主である静代の隣で、佳乃はその様子を冷めた気持ちで見守っていた。もはや涙も枯れ、これからの自分の成り行きを深く考えることもやめていた。

もうどうにでもなれ……そんな心境であった。

小さいながらも途絶えることのなかった私語が、ぴたりとやんだのは、そのときだった。

宮原家の門前に、黒塗りのリムジンが横づけされる。権威を見せつけるようなその車から降りてきたのは、原島俊紀だった。宮野を従えている。

佳乃は、三日ぶりに見る俊紀の姿に、心臓が止まりそうになった。

何もかも振り捨てて駆け寄りたくなる。誰よりも強く自分を抱きしめる腕に、ただひたすらに守られたかった。だが、そんなことが叶うわけもない。

「原島俊紀だ……」

「なぜここに彼が……？」

再びひそひそと言葉が交わされ始める。

旧家とはいえ、宮原家と原島家では格が違う。遙《はる》か格下の宮原家の葬儀に、原島家当主自らが出席するなどあり得ないことである。

そしてほどなく参列者は、どこかで見たような気がしていた宮原家の跡取り娘が、原島俊紀の側近であったことに気がついた。

「なるほど……では原島俊紀は、一番のお気に入りを手放すことになるのか」

「だろうな。喪が明け次第結納って話だし、原島に戻ることはないね」

そんな言葉が耳に入っているのかいないのか、俊紀は見るからに仕立ての良さそうな喪服に身を包み、堂々と焼香をすませると、喪主、親族席に一礼をした。

滅多に慌てることのない静代も、思いもかけぬ大物の登場に色を失いながら礼を返す。

「お忙しいところありがとうございました」

「谷本さんは直属の部下ですから当然です」

「そのことですが……」

静代は意を決したように俊紀を見据えると、佳乃は縁談が調《ととの》ったので原島を退職させていただく、と伝えた。

俊紀の反応が怖かったのだろう。普段の静代からは考えられないほどの早口となっていた。

俊紀は静代の隣に立つ佳乃を一瞥《いちべつ》すると、再び静代に視線を戻した。

「そうですか。では所定の手続きをしなければなりません。このような場で何ですが、後ほどお時間をいただいてよろしいですか？」

平然と言う俊紀に静代は拍子抜けしつつも安心したようだったが、佳乃はむしろ怖かった。

彼の眼差しは見慣れた「策謀家」のもので、とても静代を安心させる類《たぐい》のものではない。そして、後ろに控える宮野も笑いを滲《にじ》ませた余裕顔である。

この二人、絶対に何かたくらんでる……

俊紀の参列は焼香も終わる頃だったので、程なく通夜は終了した。

通夜振る舞いの席を抜けた静代と佳乃は、別室で俊紀と対峙する。

「佳乃を長らくお預かりいただき、ありがとうございました」

静代は畳に手をついて丁寧に頭を下げる。相変わらず俊紀は余裕の笑みを浮かべている。

「いえ、よく勤めていただいております」

そう言いながら、宮野に鞄から出させた書類を静代に渡した。

「谷本さんとは、期限なしの雇用契約を結ばせていただいております。手続きとしては、こちらの書類にサインいただくだけですが、一応ご確認ください」

表題は契約解除届という一般的な書式になっていた。老眼鏡をかけ、静代が内容を確認する。そういった書類に静代が普段触れることはないので、おそらくただのポーズであろう。

「けっこうです」

静代はそう言うと、書類を佳乃に手渡した。

この書類……何か変だ。

静代と違い、たくさんの書類を扱ってきた佳乃が一見してそう思うほど、不自然な形式であった。

紙の厚さがそれなりにあるわりに、やけに上滑りする。

何より署名欄が上下二箇所もあり、姓名分《わか》ち書きである。株式会社原島の退職願の書類は何度も見ているが、決してこれではなかった。

どこからこんな書類を持ってきたのだろう。そもそも俊紀の口調も変だ。一切が現在形で話されている。

「佳乃、原島様もお忙しいのですから、さっさと署名しなさい」

この書式は株式会社原島の規定書式ではない。ということは、これは俊紀の私設秘書の退職届であろう。これに署名すれば俊紀との関係は終わる。

静代にしてみれば一刻も早く署名させたいだろうし、このような席にこの書類を持ち込んできた俊紀も同じ思いなのだろう。

六ヶ月というのは、最長期間であって最短ではない。私の場合半月で終わりだったか……やはりあのとき彼が『話がある』と言ったのは、別れ話だったのだ。

だが今ならどれだけ涙に暮れようとそれは祖父への追悼《ついとう》の涙と取られ、俊紀とは無縁のものにできる。

むしろ今でよかったのだと自分に言い聞かせ、佳乃は書類の上下にサインをした。

堅い座卓の上ではボールペンが滑って書きづらいだろうと、宮野が何枚かの紙を重ねて下に敷いてくれた。いつもながら気が利く男である。

谷本佳乃の「乃」を書き終わるやいなや俊紀はその書類を奪いとり、宮野に渡した。

宮野は恭《うやうや》しく書類を鞄にしまい、席を立つ。

「これで手続きは完了いたしました。谷本は連れて帰ります」

勝ち誇った顔で俊紀が宣言する。隠していた牙を一気に剥《む》くかのように。

猫なで声で呼んでいた名前も「谷本さん」から「谷本」に戻っている。

「何をおっしゃっているのです？　佳乃は退職したんですよ」

「退職とは一言も申し上げなかった。谷本がサインしたのは、退職届ではありません」

「何ですって？」

静代と佳乃は同時に叫んだ。書類は既に宮野が持ち去っている。

だが文字どおり目を通しただけの静代とは違い、佳乃はきちんと内容を確認してサインしたのだ。

表題は雇用契約解除届。書式こそ不自然なものの、内容は規定の退職届と大差ないものだった。

「書類にサインするときは、もっとちゃんと確認すべきだな」

笑いを噛み殺しながら俊紀は言った。

「確認はしました!」

「しっかり確認したのなら、あの用紙が貼り合わせられた複写式だと気づいたはずだ」

「貼り合わせた⁉」

ではあの厚ぼったい感じも、サインしたときのやけに沈む感じも、紙が複数枚あったからなのか。あえて下に紙を何枚も重ねてサインさせたのも、それに気づかせないためだったのか。

複写詐欺はよくあることなので、俊紀相手に馬鹿馬鹿しいと思いながらも半ば習慣的に下に重ねられた紙が全て白紙であることまで確認したというのに、本票自体が貼り合わせられていたとは。

「教えてください。一体私は、何にサインさせられたのですか?」

それに対する俊紀の台詞《セリフ》は、静代を失神寸前に追い込んだ。

「婚姻届だ」

「だれのーっ⁉」

今度の絶叫は佳乃単独だった。静代はもう怒りと驚きで声も出ない。

「お前がサインしたんだからお前のだろう」

俊紀は白々しく言う。口元に張り付いているにやにや笑いを引っぺがしてやりたい。

佳乃は、うずうずする手を必死で押さえ込んだ。

「婚姻って単独でできるんですか⁉」

「いくらお前でもそれは無理じゃないかな」

「じゃあ、私は誰と結婚するんですか⁉」

「結婚するではなくて結婚した、だ。今頃、宮野が区役所に駆け込んでいるはずだ」

「区役所は閉まってる時間です！」

「婚姻届は二十四時間提出可能だ。知らないはずないだろう」

ああ……そうだった。結婚したい二人に待ったはきかない。いや、そうではなくて……

「だから、夫になる人の署名は誰がしたんですか‼」

「私にきまっている。他に誰がいる」

俊紀はこれ以上はないというぐらい上機嫌で言った。今度は佳乃が言葉をなくした。

「原島様‼」

静代が叫ぶのも気にもとめずに、俊紀は言葉をつなぐ。

「ということで、彼女はもう私の妻です。当家に連れ帰り、明日の葬儀は改めて原島家から出席させます。念のため言い添えますが、この上誰かと婚姻させようとしても重婚になりますので、不可能です」

言うが早いか彼は佳乃を立たせ、リムジンに詰め込むとそそくさと宮原家を後にした。

リムジンが発車し、しばらく走ったところで俊紀の笑いが爆発した。

「案外簡単だったな。もう少し手間取るかと思ったが……」

逆に佳乃は怒り出す。

「なんてことするんですか！　あんなはったりかましても、ちょっと調べたらすぐにばれるのに」

しかし俊紀は全然取り合わずに笑い続けている。

その後、俊紀は信号待ちのタイミングで、運転手から封筒を受け取った。中から出てきたのは、先ほど佳乃が署名した書類だ。

恐らく先に出た宮野が、わざわざ運転手に渡していったのだろう。佳乃が確認したがると予測して……

もちろん、そのとおりだ。どんな細工がしてあったのか、確かめずにいられるわけがなかった。

「見たければ見ればいい」

普通より少し厚いぐらいの上質紙である。これなら下に薄い紙が重ねてあっても、なかなか気づかないだろう。

婚姻届の用紙は極めて薄い。近頃便利と大評判の、貼ってはがせる糊《のり》とやらの使用痕もある。ぴったり貼り合わせることができる上に、はがすことも極めて簡単な優れものである。

普通の女性の筆圧では複写しきれないかもしれないが、幸か不幸か、佳乃はしっかりと高い筆圧で文字を書く。うっかりすると、二枚下三枚下まで跡が残るほどの筆圧である。それを見るたびに母は笑った。

「女の子なのに、どうなのこれ？　柔道で鍛えすぎたのかもねえ……」

「それって関係あるの？」

「さあ、どうかしら……でも、先々気を付けた方がいいわよ」

「なんで？」

「うっかりメモパッドとか使ったら、下のページまで跡が残るわ。鉛筆ですりすりやられたら一発アウトよ。浮気も裏取引ももろばれ」

「すりすりって……お母さん、それいったいどんな状況なの？」

そんなやりとりが頭を過ぎる。だがこれは、ある意味浮気調査よりもひどいかもしれない。

ああ……もう少し柔らかくサインすればよかった……

佳乃は今更ながら後悔した。

俊紀との絆《きずな》を切る最後のサインだと思ったら、必要以上に力が入った。あれではもうどうしようもないぐらい、くっきり複写されてしまっただろう。

「これはもうじっくり見ました。貼り合わせてあったという下半分を見せてください」

「だから、それはもう宮野が提出しにいったと言ってるだろう。聞いてなかったのか？」

「冗談はやめてください。ここには祖母もいないし、小芝居は必要ありません」

「冗談ではないし小芝居でもない。間違いなく、本日付で婚姻届は提出される」

まさかそんなはずはない。それでは俊紀と佳乃が結婚したことになってしまう。

「宮野さんを止めてください！　何も実際に出す必要なんてないじゃないですか！」

「調べられても大丈夫な状態にしておかないとな。ま、今日からお前は原島佳乃だ」

「なんでそんなことを……」

いくら佳乃が窮地《きゅうち》に陥《おちい》っているからといって、俊紀がそこまでする必要はなかった。とりあえず宮原家から逃げ出しさえすれば、後は何とでもなる。そして宮原家からの脱出は、ＳＰと最新鋭の防犯装置で溢れかえる原島邸からの脱出より遙《はる》かに簡単なのだ。

「とりあえず脱出は成功しました。明日にでも婚姻無効の届け出を出します。実際、公正なものではないのですから、私が申し立てをしてきます」

明らかに騙《だま》されて書いたものであるし、どうせ証人も適当にでっち上げたのだろう。印鑑やら身分証明も……全てが嘘で固められた婚姻届である。

「聞き捨てならないことを言うな。本人がサインして、本人の印鑑を押して、本人のパスポートを添えた。宮野は、正式な使者としての書類も持っていったんだぞ。おまけに、証人として署名したのは父と母だ。これ以上正当な届け出、あるもんじゃない」

今度こそ佳乃は気を失いそうになった。いっそこのまま意識を手放した方がずっと楽だ。

確かに、仕事で使っていた印鑑もパスポートも原島邸に残してきたし、サインは佳乃の自筆である。その上、原島家先代当主夫妻が証人欄に署名したとは……。

「じゃあ本当に私は……」

確認するのも怖いが、聞かずにはいられなかった。

「本日より、めでたく私の妻というわけだ。屋敷じゃ今頃、山本が大騒ぎで祝いの準備をしているだろう。両親は親睦会以後居座っているし、門前も来ていたな」

「……なんでそんなに平然としてるんですか、あなたは⁉」

佳乃は、俊紀に掴みかかりそうになるのを必死に抑えていた。

こんな大事なことを、ゲームのステージクリアみたいな感覚で……

ここまで遊ばれてしまうほど、私は悪いことをしたのだろうか……

もう限界だった。

「祝いとか……大騒ぎとか……勘弁してください……。そんな気分になれません」

とうとう涙をこらえきれなくなった。大粒の涙が止めどなく流れていく。

その涙を見て、俊紀はようやく笑うのをやめた。

「すまない。お前はまだ喪中もいいところだったな。祝いやら式やらは当分延期する。籍さえ入れてしまえば、宮原にはもう手の出しようもない。あとはゆっくりにしよう」

問題の本質は全く違うところにある。大体式まですするつもりなのか、この男は……

けれど、それを説明する気力は佳乃にはなかった。何を思って流している涙なのか、相変わらず俊紀は全然理解していない。

それでも、とりあえず今は誤解でも何でも、そっとしておいてもらえればそれでよかった。

†

佳乃の帰還はあまりにも静かだった。

三日前に祖父を失ったばかりなのだから、静かで当然なのだが、同時に佳乃と俊紀の婚姻届が提出された夜でもある。

もう少し華やいでもよかろうと誰もが思っていた。特に門前は……

「お帰りなさい。戻れてよかったわね」

「果たしてよかったのかどうか……」

相変わらず佳乃は沈み込んでいる。これでは親睦会のときより遙《はる》かにひどい。

「けっこうすごい手で奪回されたって聞いたけど？」

俊紀と宮野が何をするつもりなのかは、山本から聞いていた。

佳乃がどこかの次男坊と結婚させられる前に俊紀と結婚させてしまうというのは、あの時点で最良の策のように思えた。

だが、この娘の表情は依然として真っ暗である。

「あんなの禁じ手ですよ。いったい何の罰ゲームなんだろう？」

「罰ゲームなの？」

「私というよりも社長にとって。こんなことでバツイチだもの……」

「離婚しなきゃバツイチとは言わないわよ」

「離婚するに決まってるじゃないですか。元々、無効な結婚です。でも、しばらく宮原の目をごまかさなくちゃならないから、無効の申し立てができません。書式も整ってます。だから、ほとぼりを冷ましてから離婚届を書くしかないんです」

「それ、俊紀様が言ったの？」


だとしたら、今度こそトリカブトか青酸カリ混入である。世界中で一番苦しむ毒を捜し出して、毒殺してやる。


門前はそう思った。だが、実際そんなことを俊紀が言うわけがない。

「違いますよ。私が嫌なだけです。こんな事情で無理矢理結婚させてしまって、孝史様にも和子様にも申し訳が立ちません。社長は結婚に関してはどうでもいいと思っているみたいですが、原島財閥総裁として、もっとメリットのある人を娶《めと》るべきです」

佳乃は長年の秘書の顔でそう言う。

恋人や愛人ならばどんな相手でもいい。彼が今、自分を選んでいるのと同じで、お楽しみはあくまでもお楽しみである。

だが、結婚相手となるとそうはいかない。少なくとも、原島財閥、あるいは株式会社原島にとって、何らかのメリットがある相手を厳選して婚姻関係を結ぶべきだ。

大手銀行の関係者、法律に詳しい弁護士、あるいは報道をセーブできるマスコミ関係者……果ては万が一のときのための医師に、最終的に絶対必要となる寺社関連……

誰でもいいのだ、とにかく自分ではない、自分は相応《ふさわ》しくない、と佳乃は言う。

自己評価が低いのも、ここまでくると犯罪である。

株式会社原島と原島財閥にとって、佳乃の存在はもはや不可欠だ。もっと言えば、谷本佳乃は財閥を率いている原島俊紀の礎石《そせき》とも言える存在だ。

彼女がいなければ、原島俊紀の精神は安定を欠く。そうなれば、会社経営が疎《おろそ》かになりかねない。そんなことは誰もがわかっている。それなのに……

「息子に相応しくないと思う人との婚姻届に、孝史様が署名するかしら？」

「事情が事情だから……」

佳乃はそう言うが、おそらくその事情を都合よく利用したのだ、あの人たちは。真っ当な方法で佳乃にあの書類にサインをさせることの困難さを思えば、だまし討ち上等、と開き直った。そういった意味で、非常によく似た親子である。

明日区役所が機能し始めれば、あの書類は問題なく受理されるだろう。

それが合意ではないことを知っている人間の中で、この結婚を不利益なものと感じるのは佳乃だけだ。

その佳乃が異議申し立てをしない限り、およそ二週間後には原島俊紀の新戸籍が生じ、筆頭者の妻の欄には佳乃の名前が入る。

そして、何があろうと、俊紀がその戸籍から佳乃の名前を消すことはないはずだ。佳乃がどんな手を使っても、離婚は不可能だろう。

「すみません。ちょっと疲れました……明日も葬儀があります。今日はこれで……」

そう言うと、佳乃は階段を上っていった。

その姿を見送って、門前はまたしても深いため息をついた。

ことごとく説明が足りない。どうしてくれよう原島俊紀……であった。


「谷本は？」

祝いの席は中止となった。帰ろうとした門前に声をかけたのは俊紀だった。

「今は一人にしてあげてください。かなり混乱しています」

怒号が飛んでくるのを覚悟で門前は言った。

片時も離さなかった恋人がようやく戻ってきた夜である。俊紀が、佳乃を一人にしておきたいはずがない。

けれど、存外静かに俊紀は答えた。

「わかっている。ただ、無事に休んだのか確認したかっただけだ」

「疲れた……と部屋に戻られましたから、休まれたと思います」

「そうか」

「俊紀様……」

「なんだ」

「他の方法はなかったのですか？　あれではあんまり……」

「そうだな……でも谷本は……」

「もう谷本じゃないでしょう？」


珍しく俊紀は言葉に詰まった。結局「谷本」としてそばにいた時間が長すぎて、上手く切り替えられないのだろう。

おそらく佳乃も同じだ。

ずっと使用人だった自分を、俊紀の恋人や配偶者という位置に置き換えるのがあまりにも難しくて、逃げ出すことばかり考えている。

どれほど俊紀が自分を望んでいるのか考える余裕がない。だからこそ一過性の関係、いつか壊れる仲と思いこもうとする。

覚悟していれば衝撃も少しは和らぐはずだ、どうせ失うに決まっているのだから……と。

それは女としてあまりにも悲しいリスクヘッジだった。

宮原新蔵の葬儀は翌日午後一時から行われた。

俊紀まで出席する必要はないと言い張る佳乃を問答無用と切り捨て、俊紀は佳乃とともに葬儀に参列した。

いつも以上の人数のSPを動員し、俊紀自身も一瞬たりとも佳乃のそばから離れない。

「お前はもう原島家の人間だ。今までとは違う。身辺警護がグレードアップするのは当然だ」

俊紀はそう言う。確かに谷本佳乃と原島佳乃では、身に迫る危険の質が天と地ほど違う。

葬儀の場でも火葬場でも、静代の表情は硬かった。無理もない……本人にその気はなかったとはいえ、佳乃はいわば裏切り者である。

佳乃が宮原の家を継がなければ、宮原の血は絶えてしまうのだから。

「おばあさまと話をしてきます。このままにはできません」

「同席する」

「話がややこしくなるだけです。二人で話させてください」

佳乃はそう言うと、静代のもとに向かった。

近づいてくる佳乃に、静代は一瞥《いちべつ》すらくれなかった。それでも佳乃には伝えなければならないことがある。

「おばあさま……」

声をかけられて、初めて気づいたかのように静代が佳乃を見る。

「今更何の用です」

「昨日の騒ぎのお詫びを……」

「もう結構です。どう詫びられても、お前が宮原を継ぐことはなくなったのですから。宮原の家は絶えます。お前のおかげでね」

とりつく島もない口調だった。

「私は宮原を継ぐことではなく、そのために誰かと無理矢理結婚するのが嫌だったのです。私が単身で家を継いでいいというのならこんなに抵抗はしませんでした。どうしても宮原の血を残したいというのであれば、いずれ私が宮原に戻ります」

「佳乃……」

既に原島俊紀の妻でありながら何を言うのだ……という顔で、静代は佳乃を見た。

「今回の結婚は一時的なものです。早晩解消されるでしょう。そうしたら私は宮原に戻って後を継ぎます。それで問題ないでしょう？」

「そんなことができるはずありません」

「できますよ。ただし、どこかの弟子をあてがうのだけはやめてください。いつか私自身がこの人なら、と思う人が現れたときは、結婚するかもしれませんが……」

それは明らかに嘘だった。俊紀と離れた後、誰が彼の存在を佳乃の中から消し去れるというのだろう。

だが、佳乃が宮原に戻り宮原流の存続に努力している姿を見せれば静代は嬉しいだろうし、もしかしたら、そのうち誰か有能な弟子筋に後継を託せばよいと言い出すかもしれない。


静代は佳乃の話を聞きながら、諦めの境地に至った。

五年もの間、頑《がん》として佳乃を宮原に返さなかった原島俊紀。

新蔵が折に触れ、そろそろ家を継がせたい、と申し入れてきたが、全て拒否された。新蔵が逝《い》って、いよいよ宮原を継ぐ人間が必要というこのタイミングで、言語道断《ごんごどうだん》な手を使って佳乃を奪回していった。

これほどまでに執着している佳乃を、彼が手放すはずがない。佳乃は簡単に離婚できそうなことを言うが、おそらく天地がひっくり返っても無理だろう。

佳乃本人も、原島俊紀と離れて幸せになれるとは思えない。

二人の間にあるものを切ることなど、誰にもできないだろう。

それでも……あえてこの宮原のために、いや祖母である自分のために、その絆《きずな》を断ち切って家に戻ると佳乃は言う。

どんな想いで言っているのだろう……

静代は佳乃をじっと見た。佳乃は切ないと表現するのがふさわしい、大人の女の表情をしていた。

私はこのかわいい孫娘に何をさせようとしていたのだろう……

そのとき、ようやく静代は気がついた。これは娘妙子《たえこ》に強いたことと同じだ。そして、あの子はそれを嫌って飛び出した。

けれど、佳乃はあえてその道を選ぶという……

そんなことはさせられない。

「話はわかりました。宮原の後継問題はしばらくおいておきましょう。この婆《ばば》だってあと五年や十年、宮原を仕切ることぐらいできます。その間に、もしお前が原島家から離縁されるようなことがあったら、そのときは宮原の家に帰ってきなさい」

「おばあさま……」

そして静代は宮原家の当主としてではなく、佳乃の祖母として言った。

「宮原はお前の母親が生まれた家です。そのことを忘れずにいなさい。何かあったらいつでも戻ってきなさい。それと……」

もうお前を無理にとどめようとすることもないから、あんなにたくさんの護衛は必要ありません、と言い、静代は穏やかに微笑んだ。お前の夫からあんな目で睨《にら》み付けられるのもごめんです、と。

振り返ると、離れたところから俊紀がこちらを見ていた。二人が何を話しているのか気になって仕方がないのだろう。静代を見る視線は確かに厳しい。

「今度はお前の祖母として、もう少し穏やかにお会いしたいものです」

そのときちょうど火葬が終了した知らせが入り、静代は話を終わらせた。

「何を話していた?」

俊紀のところに戻るなり彼は問う。

離婚したら宮原に戻ってきてもよいとの許可をいただきました、そう言ったら、この男はなんと答えるだろう。だが佳乃は曖昧に微笑んで無言を通した。

宮原家に戻って精進落とし、続いて初七日を済ませ、佳乃は祖母に暇乞《いとまご》いをする。

「また参ります」

穏やかにそう言う佳乃に、静代もゆったりと返す。

「そうね。一人は寂しいから、時々は泊まりにでも来ておくれ」

「はい」

二人のやりとりにぎょっとしている俊紀が、佳乃には小気味よかった。


佳乃が支度室で喪服を脱ぎ、和服用の衣紋掛《えもんか》けにかけていると、和子が入ってきた。

「大変だったわね」

「ご面倒をおかけしました」

佳乃は軽く頭を下げたが、その実、彼女に対しても怒っていた。

「あなたにはきちんと謝っておかなくてはいけないわね。強引なことをして申し訳なかったと思っています」

当然である。何を思ってあんな無謀な企《たくら》みに荷担したのだ。ひどすぎる。

「でも、いずれにしてもあなたは誰かと早急に結婚させられる予定だったのでしょう？　それならば相手が俊紀であっていけない理由が思いつかなかったの。少なくとも、ニューヨーク帰りの銀行マン崩れよりは俊紀の方がお買い得だと思わない？」

なんて情報力のある一家なのだろう。佳乃の婿候補が鳥居道広であったことを既に知っている。宮原家に盗聴器でも仕掛けてあるのだろうか……

「あなたのお相手が彼だと知ったときの俊紀は大変だったわよ」

なにが？　という顔をした佳乃に、和子はそのときの様子を語った。

他の相手ならば、欲しいものは佳乃ではなく、宮原家の後継者の地位だと考えられる。だが鳥居道広の場合、目的は一直線に佳乃である。だから金で解決するとか、もっと魅力的な地位を原島財閥から与えるとかの懐柔策が使えない。

そして、相手が鳥居であれば、もしかしたら佳乃自身も受け入れてしまうかもしれない。深夜の六本木で並んで歩く姿や、レストランでランチをともにしていた姿が脳裏にちらついて、佳乃を奪回するまで食事も喉を通らなかったらしい。

「あの女たらしにしては情けないことよね」

と和子は笑う。だが……

「だからといってなにも……」

「結婚させることはなかった?」

「そのとおりです」

「俊紀がそうすると決めたことを、止められる人間はいないわ。何より三十五歳にもなる一人息子がとうとう結婚するっていうんだから、親としては賛成しない手はないでしょう」

「速攻でバツイチになってもですか?」

「そんなに簡単に離婚できるなんて、思わない方がいいわよ」

「ですが……」

「あの子は馬鹿だけど愚かではない、って言ったはずよ」

和子は衣紋掛《えもんか》けにかけられた佳乃の喪服を見て、喪服を作り直さなくては……と呟く。

怪訝《けげん》な顔をする佳乃に、彼女は俊紀そっくりの眼で言った。

「あなたが次に喪服を着るのは私たちの葬儀。まだしばらくは私たちもあの世に行く予定はないから、ずいぶんと先にはなるはずだけど、喪主の俊紀の隣にはやっぱりあなたが立つことになるでしょう。そのときまでに、きちんと原島家の女紋の入った喪服が必要です」

「女紋？」

さらに怪訝な顔になった佳乃に、和子は言葉を重ねた。

「原島には女紋があります。替え紋とか姑紋《しゅうとめもん》とも言うわね。普通なら、お嫁入りのときにお母様の紋を持ってくるのだけれど、原島に嫁いできた女はみんなその原島の女紋をつけることになっているの。私も私の姑《しゅうとめ》もそしてあなたも、育った家ではなく、原島の女としてみんな同じ紋をつけるのよ」

そして和子は佳乃の喪服に着けられた家紋を軽く睨《にら》んで、支度室を出ていった。

まるで、この紋は二度と着せない、と言わんばかりに……

「佳乃様」

宮野が呼びかける。

昨夜から、門前をのぞいて原島家の全ての使用人が呼び方を変えた。今まで気楽に谷本さんと呼んでいたのに、見事に佳乃様、しかも全員が敬語を使う。もともと敬語を使っていた宮野だけは違和感がなかったが、それでも谷本さんと佳乃様の違いは大きかった。


「さま付けはやめてほしい、と言っても無理なんでしょうね……」

「そうですね。もう谷本さんではありませんし、この屋敷の女主人にそれ以外の呼び方はできません。敬語を使うのも当たり前でしょう」

「そういえば、宮野さんはずっと敬語でしたね……」

「いずれ立場が変わられることは、わかっておりましたから」


こういうところが古狸《ふるだぬき》だと言われる所以《ゆえん》なのだろう。あの六年前から、いずれは佳乃が俊紀の妻となることを予測していたらしい。

何を根拠に……と佳乃は問いただしたかった。だが彼は、佳乃がその問いを発する前に言った。

「目が見えるものであれば、誰にでもわかることです。それよりも俊紀様がお呼びです」

「用があるなら自分が来やがれ……」

思わず佳乃は悪態をつく。宮野はこれ以上はないというぐらい愉快そうに笑った。

「そうお伝えいたしましょうか?」

きっと俊紀はコンマ数秒で駆けつけるに違いない。そして、どんな目に遭わされることか……

「冗談です。すぐに参ります、とお伝えください」

佳乃はそう言うと、和装に使った小物を片付け、俊紀の部屋に向かった。


「仕事以外で私に呼ばれて、お前が素直に来るなんて珍しいことだ」

昨日から夫となった男が皮肉を言う。まあ、確かにそのとおりではあるが……

「宮原家から救い出していただいたお礼もまだでしたので」

「心にもないことを言うな。お前らしくない」

「実際、究極の選択をしていただいたことは確かです。あるいは騎士道精神を発揮されたんですか?」

「究極の選択ではないし、騎士道精神でもない。私がそうしたかったからそうした。それだけのことだ」

「いずれにしても、ありがとうございました」

そして佳乃は呼び出しの理由を尋ねた。

「なにか？」

「夫が妻を呼び出すのに理由はいらないだろう」

不満げに俊紀が答える。いや、普通、夫は妻を呼び出したりしないものではないのか。

そんなことを言い返す間もなく、佳乃は俊紀の腕に抱き寄せられていた。

俊紀の腕はあいかわらず強く、我が物顔に佳乃を抱きしめる。

そして、何日かぶりに唇が重ねられる。長い長い口づけだった。


「喪服はそそられると聞いたことはあったが……」

「え……⁉」

「あれほどまでだとは思わなかった。危うく葬儀場で押し倒すところだった」

「な……何言ってるんですか⁉」

不在の埋め合わせをしてもらう。俊紀はそう言うと佳乃を抱き上げ、ベッドに運んだ。

「ああ、その前に……」

佳乃をベッドにおろしたあと、彼はサイドテーブルに置かれたベルベット張りの小箱を取り上げ、蓋を開けた。

「これ……」

「お前が私のものであるという証だ」

プラチナとゴールドの指輪。シンプルなデザインは、悔しいほどに佳乃の好みに合う。

俊紀は佳乃の左手の薬指にその指輪をはめた。いつの間にサイズを測ったのか、ぴったりだった。その薬指の指輪に小さく口づけしたあと、俊紀は言った。

「この指輪を外して、どこかに行くことなど考えるな。何処《どこ》へ逃げても、何度逃げても連れ戻す。終生ここがお前の居場所だ」

「でも……」

反論はいつものように俊紀の唇に呑み込まれて消える。

そしてまた、佳乃の眠りの許されぬ夜がやってきた。いつもと違ったのは耳元で囁《ささや》かれる「佳乃」という名前だけだった。

自分の名を呼ぶ俊紀の声は、何よりも佳乃の体を熱くした。

†

佳乃が落ち着き次第、結婚式を行う。俊紀はそう宣言した。

原島財閥総裁としての立場に見合うだけの盛大な式を……と。

当然佳乃は必死で拒んだ。

「勘弁してください。第一無駄です」

どうせ離婚するのに、そんな盛大なお披露目をするなんて……と。

「離婚は絶対にしない。私はお前の夫に相応《ふさわ》しくないのか？」

「私があなたの妻に相応しくないんです」

「私の選択能力を否定するな」

「そうではなくて……」

「お前がどう思っても、お前は既に名実ともに私の妻だ。それを否定する者は許さない。たとえ本人であっても、私の妻であることを拒否などさせない」

全身で佳乃を押さえ込んだまま俊紀は言う。佳乃は何度となく意識を飛ばされ、何度となく引き戻された。それでもなお、彼は佳乃を求め続ける。

俊紀は、二度と何処《どこ》にも行かない、俊紀から離れないと、佳乃の口から言わせたかった。

佳乃の全てが俊紀のものだと、佳乃本人に認めさせたかった。目覚めるたびに佳乃の存在を確認しなければならない生活は、もうまっぴらだった。

「何をそんなに恐れている。何がそんなに不安だ？」

佳乃は涙を滲《にじ》ませながら俊紀を見上げた。

何も身につけない状態であっても、こんなにも威厳にあふれ、かつ美しいと感じさせる男。

原島財閥総裁としても、人間としても、男としても非の打ち所がない。

この男の配偶者が自分でなければならない理由がない。

今は長年我がものにならなかった女を手に入れて、その達成感に酔いしれているのかもしれない。

だが、時が過ぎて冷静になれば、自分と釣り合う相手ではないと気づくだろう。利用価値の欠片《かけら》もないと……

そのときでは遅すぎる。いや……本当は今でも遅すぎるぐらいだ。

佳乃の全身が俊紀を慕う。心の全てで彼の存在を慕う。彼と離れるのは、自分を殺すことと同義だ。それでも……

なぜ出会ってしまったのか。本来なら出会うはずのない二人であった。

六年前に戻れれば、佳乃は決して原島邸に近づかなかっただろう。

そして反抗しつつもやがて諦め、多少の不満を残しながらも弟子の誰かと結婚し、宮原を継いで祖父母を安心させただろう。けれど二人は出会ってしまった。

「私になんて出会わなければよかったのに……」

千切れてばらばらになりそうな心を何とか一つに押し固め、佳乃がようやく口にできたのは、そんな言葉だった。

「下らない。私たちが出会わない人生などあり得ない」

そんな言葉など聞きたくない、そう言わんばかりに俊紀はまた唇を重ねる。

いったい何が下らなくて、どうあり得ないのか、頼むから説明してほしい。けれど、俊紀の唇が佳乃が望む説明をくれることはなかった。

譲歩するつもりの全くない俊紀に押し切られ、結婚式は行われることになった。

あまりにもありがちで笑い出したくなるほどだが、挙式は六月。ジューンブライドである。

準備期間は一ヶ月もない。佳乃は到底無理だと思っていたが、原島財閥に不可能はないらしく、みるみるうちに準備が整っていく。招待客は二百人とも三百人とも言っていた。すでに籍は入っている。どうしても結婚していることを知らしめなくてはいけないのなら、それを公表するだけでいいではないか、と佳乃は思う。

けれど、俊紀も孝史夫妻も、果ては宮野まで、冗談ではない、と気色ばむ。

原島財閥総裁の結婚が、そんな形で許されるはずがない、と。

芸能人とまではいかなくとも、できうる限り盛大に執り行われなければならない。

今回は、佳乃の希望を入れて『やむなく』この程度で済ませるが、本来ならば五百人規模の式になるべきなのだという。

この程度って……一般家庭の三、四倍の規模でしょう！　しかもこんな状況にしたのは複写詐欺を企《たくら》んだあんたたちだろうが‼　原島財閥総裁としての、あるべき形にこだわるのなら、ちゃんと式が済むまで婚姻届自体しまっておけ！　と喉まで出かかった。

そんな台詞《セリフ》を吐いたところで、どこ吹く風な人々だということぐらい知っている。

それでも、佳乃にしてみれば、あまりにもあまりにも茶番だった。

「本当にこんなの必要ないのに……」

ウエディングドレスの試着をしながら佳乃は言う。例によって、今の彼女は門前の着せ替え人形。門前は、やっとだわ～と歌うように言いながら、ご機嫌そのものだ。

「なに言ってるの、女の子の夢でしょう？　ウエディングドレスは」

「二十七歳の女に、夢もへったくれもありません」

そうさ……もう独身ですらないらしいし……とやさぐれる佳乃。

「誕生日過ぎたのね。そうか……二十七歳か……若いわねえ」

五十歳間近の門前にしてみれば佳乃は若いだろう。だが、そういう問題ではない。

「見せびらかしたくて仕方ないのよ、俊紀様は」

五年もかけて、ようやく手に入れた女である。無理もない。

「私は見せ物じゃありません」

「あら、原島俊紀の妻は完全に見せ物よ。覚悟しておいた方がいいわ」

戸籍上の配偶者という確固たる地位におかれてもなお、佳乃はどうにもやりきれないような表情をする。

そして、きまって次の瞬間に俊紀が佳乃を引き寄せる。ここがお前の居場所だ……何処《どこ》にも行かせないといわんばかりに。佳乃は小さなため息をついて俊紀の腕に囲まれる。

そして、納得のいかない現実を遮断するように、そっと目を閉じるのだった。

「いい加減に俊紀様を信じてあげたら？」

ベールの長さを確認しながら、門前は憂《うれ》い顔の佳乃にそう言った。

信じられないのは俊紀ではなくて自分自身だ……。佳乃は思う。

この屋敷の女主人として、原島財閥総裁の妻として、何より俊紀の妻として相応《ふさわ》しくないという思いが、どうしても払拭できない。例えば城島塔子のように、生粋《きっすい》のお嬢様かつ、実家が原島財閥のメインバンクでもあれば、少しは違っただろうに……。

必要とされていない、とまでは思わない。公私ともに原島俊紀の生活において自分が占める役割はとても大きい。今佳乃を失えば、俊紀は大打撃を受けるだろう。

だが……かつて両親は言った。今あるお金が明日あるとは限らないと。それならば、今ある役割が、明日もあるとも限らないではないか。

俊紀は原島財閥総裁として、日進月歩の勢いで成長を続けている。いつか佳乃を必要としなくなる日が来るかもしれない。それに私は耐えられるのだろうか……。しかも、彼が窮地《きゅうち》に陥《おちい》ったとき、何の援助もできない自分。

ちょっとでも佳乃に翳《かげ》りが見えると、鋭く察して俊紀が現れる。たとえ離れていても。

宮野や山本、門前、それから孝史や和子、他の使用人、佳乃の周りの人間全てが、俊紀のスパイのようだった。

やがてその状態は佳乃に新たな問題を運んだ。

原島俊紀の配偶者として受ける保護と警護。常につきまとう監視の目。今までとは段違いに強固なものになったそれらは、ある意味、非常に自由かつ気ままに育ってきた佳乃を悩ませる。

この監視体制はずっと続くのか……。みなが自分を心配してくれていることはわかる。だが、その本質が俊紀を大事に思う気持ちだと、佳乃は知っている。俊紀の希望が佳乃をそばに置くことであり、その大前提に佳乃の安全があるから、皆がそれに協力する。

そのこと自体が間違いだとまでは言わないけれど、佳乃にしてみればとても煩《わずら》わしい。

たまには一人にしてほしい……こんなことを言ったら、きっとまたすぐに俊紀に報告されてしまうだろう。あるいは、マリッジブルーと片付けられるかもしれない。

第四章　初夏の珍事

六月初旬、俊紀は一週間のヨーロッパ出張に出かけた。

当然、佳乃も同行を求められたが、あいにく宮原新蔵の四十九日と重なった。泊まりがけの出張に佳乃が同行しないのは久しぶりで、ずいぶん俊紀は渋ったが、四十九日も出張も日程をずらすことができず、やむなく彼は一人で旅立った。

俊紀は自分が一週間、佳乃のそばにいられないことが不安でならなかった。

佳乃は俊紀の恋人であることには慣れた。というよりも慣れさせた。しかし、妻であることに慣れたかというと、それはまた別の話である。

俊紀が平凡なサラリーマンであれば、佳乃を失う心配などせずに済んだだろう。佳乃はむしろ安心して自分のそばにいたはずだ。

だが、組織の一構成員であることと代表者であることは、あまりに違いすぎる。

佳乃自身もかなりの職務権限を持つ立場だったが、組織の構成員であることに違いはなかった。総裁である俊紀の妻という立場とは、あまりにもかけはなれている。これに慣れさせるには相当の時間がかかる。それは俊紀もわかっていた。

資質には何の問題もない。皮肉なことに、それを認めないのは佳乃本人だけである。

そうして佳乃は自分が作ったトラップに勝手に落ちていくのだ。

佳乃がトラップを作りそうになるたびに、俊紀はそれを潰してきた。そこに一週間の出張である。自分がいない間に、佳乃はどれほど大きなトラップを作り出すのだろう……

俊紀は怖かった。こんなにも怖いと思ったことはなかった。


「目を離さないでくれ」

俊紀はそう宮野に厳命し、後ろ髪を引かれる思いで旅立った。

彼は自分が、佳乃が抱える問題の半分も理解していないことに気づいていなかった。


俊紀の不在五日目、佳乃は四十九日の法要のために宮原家に向かった。

宮野は俊紀の厳命もあって、絶対に佳乃から目を離さない。宮原家にも同行すると言って譲らなかったが、俊紀の不在中は佳乃が原島邸の主《あるじ》である。一人で行くという言葉に従わないのか、という佳乃の言葉を、否定することができなかった。彼も苦渋の決断だっただろう。

運転手付きの車で宮原家に送られ、門をくぐって佳乃はようやく一息つく。

法要は正午から始められ、それ自体は一時間弱で終わる。その後に続く昼食会を含めてもせいぜい三時間といったところである。

だが、佳乃は夕刻になっても原島家に戻らなかった。


俊紀が宮野からの電話を受けたのは、フランクフルトで株式会社原島ドイツ支社の視察を終えたときだった。現地時間で午前十一時、普段なら決して宮野が連絡してこない時間である。

「どうした？」

俊紀は、珍しく慌てている宮野の声に不安を覚えた。

「申し訳ありません！」

「佳乃か……」

やはりいなくなったのか……俊紀も半ば覚悟していたとはいえ、失望を隠せなかった。

だが、事実は常に想像を上回る。宮野の報告は、俊紀にしてみれば失踪された方がましだと思える内容だった。

「誘拐されたようです」

おそらく迎えの車が来るより先に、宮原を出たかったのだろう。佳乃は法要後の食事会を中座した。

密かに持参したらしいカジュアルな服に着替えた佳乃に、ちょっと寄りたいところがあるから喪服を預かってほしい、と言われた静代は、たまには息抜きも必要、と止めなかったそうだ。心の底に、多少は原島家への意趣返しもなかったとは言い切れない。

そして、夕刻、静代は信じたくもない電話を受けたのである。

「谷本佳乃は預かった。要求は追って連絡する。警察には知らせるな」

厳密に言うと、谷本佳乃という人間は既に存在しない。いるとしたら、それは原島佳乃である。

だが入籍したという事実は事情が事情だけに挙式まで厳重に伏せられているし、挙式自体が参列者や日時を含めてトップシークレットである。

三百人規模の招待客を予定しながら、ここまで秘密裏にことを運ぶのには相当の努力が必要で、それは原島財閥だからこそなしえることだ。もちろん、その目的は、誘拐その他の犯罪、およびマスコミから佳乃を守ることにあった。

努力の甲斐あって、犯人は結婚の事実を知らず、佳乃が依然として宮原家の後継者であると考えている。だからこそ谷本佳乃と呼び、原島家ではなく宮原家に連絡を入れたのだ。目的がなんにせよ、それは宮原家をターゲットにしたものに違いない。完全に原島財閥の配慮が裏目に出た形となってしまった。

「申し訳ございません。私がいらぬことをしたばかりに……」

静代は電話口で号泣していた。原島家への申し訳なさと、たった一人の孫である佳乃の身を案じる気持ちが、冷静沈着な彼女を掻き乱す。

宮野もまた猛烈に後悔した。

なぜ俊紀の命を遵守《じゅんしゅ》しなかったのか、なぜ佳乃を一人にしたのか……

自分を呪っても呪いきれなかった。

それでも、この危機を主《あるじ》に知らせないわけにはいかない。佳乃の不在報告、それはいつも宮野の仕事だった。

一瞬の沈黙の後、俊紀の指示は迅速《じんそく》だった。

「緊急対策班を宮原家に待機させろ。次の電話で必ず場所を特定、居場所がわかり次第、現地に派遣しろ」

警察には知らせるな……と犯人は常套句《じょうとうく》を言った。

犯人は、警察よりも遙《はる》かにレベルの高い原島家の緊急対策体制を知らないのだろう。

というよりも、自分たちがどういう相手にけんかを売ったのかも、知らない。

新蔵が死んだ直後の宮原家なら混乱に乗じて手玉に取れるかもしれないが、原島財閥が相手となれば、そうは問屋が卸《おろ》さない。

原島家手飼いのSPと緊急対策班。それは外国で傭兵や諜報活動をしていたような、その道のプロ集団で、俊紀の命とあらばそれがどんな内容でも完璧に遂行する。ビルの一つや二つ平気で爆破するし、邪魔者の十人ぐらい何食わぬ顔で元々地球上に存在しなかったことにしてしまう連中である。それはもはやSPとか緊急対策班とかいう名の過激派武闘集団だった。

「俊紀様……誠に申し訳……」

宮野の詫びの言葉は途中で遮《さえぎ》られた。

「お前のせいではない。宮原のせいでもない。あえていうなら、佳乃に一人になりたいと感じさせた私自身の責任だ」

宮野は感嘆した。俊紀は、もともとこんなに自制できる人ではなかった……

佳乃を得るまでの五年間で、これほど自分を抑え、省《かえり》みることを学んだのだ。俊紀は佳乃を得るためだけにその努力をした。それほど俊紀にとって佳乃は大切な存在であった。佳乃には何が何でも無事に原島邸に戻ってもらわねばならない。


「一番早い便で帰国する」

「調べましたが、次の成田直行便はビジネスもファーストも満席です」

「エコノミーでかまわない」

「ですが……」

俊紀の体格で、十一時間のフライトを狭いエコノミーシートで過ごすのは苦痛だろう。だが、俊紀は何でもないことのように言った。

「気にするな、早く戻ることの方が重要だ」

「かしこまりました。到着時刻にお迎えにあがります」

「お前はそこを離れるな、運転手だけでいい」

そう言うと俊紀は電話を切り、空港に急いだ。

†

「それで……目的は何なの？」

佳乃は深いため息とともに相手を見る。恐ろしいとすら思えない相手だった。

宮原家を出てしばらく歩いたところで、見知った顔に声をかけられた。

それは宮原流日比谷教室講師の立野《たちの》まみであった。彼女とは宮原家で書道の指導を受けていた頃に、何度も顔を合わせている。

「駅まで行くなら、送ります」

一人になりたくて歩いていた佳乃にとってはよけいなお世話であったが、顔見知りでもあるし、あまり無下にもできず、佳乃は彼女の車の後部座席に乗った。

その途端、隣に乗っていた男に腕を縛り上げられてしまった。

目くらましのつもりか、そのまま車は首都高速を何周も回り、やがて湾岸線に乗り換え、千葉方面に向かって走りだした。三時間以上も走って着いた先は、どうやら幕張あたりのマンションらしい。

誘拐犯なら目隠しの一つぐらいしておけ、これじゃあ、どれだけ走り回ったって、ここがどこかぐらいすぐにわかるってーの。しかも、後ろ手じゃなくて、手を前で縛るって、どれだけ素人なんだ……

佳乃はそんなことを思った。これは行き当たりばったりの、一番捕まりやすいタイプの犯行である。なぜそんなことを……

マンションの一室で問うた佳乃に立野まみは答えた。

「決まってるじゃない。宮原家への嫌がらせよ」

腑《ふ》に落ちなかった。確か祖父母は立野まみを子どもの頃から可愛がり、熱心に指導してきたはずだ。その証拠に、宮原流の本部とも言える日比谷教室の講師を務めさせている。待遇もかなりいいと聞いていた。立野まみが恨みを抱く理由が思い当たらない。

「私たち、付き合っていたの」

先ほど車内で自分を縛り上げた男をまじまじと見て、佳乃は納得した。

かつて日比谷教室校長を務めていた山下巧《やましたたくみ》。まだ三十歳と年齢こそ若かったが、宮原流においてはかなりの重鎮で、おそらく鳥居道広が登場するまで佳乃の婿候補の筆頭だったはずである。

山下は、講師の立野まみと付き合っているより佳乃の婿になった方がずっといいと判断して、彼女と別れた。後にその経緯を知った祖父母は、彼のそんな計算高さに懸念を抱いたに違いない。だからこそ、一旦道を違えたはずの鳥居道広が復帰して佳乃と結婚したいと申し出たときに、一も二もなく賛成したのだろう。

鳥居道広と佳乃の結婚話は、あっという間に弟子筋に広まった。山下巧は目前にあった宮原の後継者という夢を失い、失意のあまり自暴自棄になった。

生活が乱れるにつれ、書も乱れ、指導も怠《おこた》りがちとなる。とうとう彼を辞めさせざるを得なくなったのは、宮原新蔵が亡くなる寸前のことだった。

鳥居道広は佳乃との結婚を機に空席となっている日比谷教室の校長に着任する予定だったが、その話が白紙に戻ったことを知るものは少ない。

佳乃と原島俊紀の結婚を伏せている以上、鳥居との破談も伏せざるを得ないのだ。弟子たちの多くは、今も、喪が明け次第、佳乃と鳥居が結婚すると思っているはずだ。

山下は宮原家を恨み、かつて恋人だった立野まみとよりを戻して復讐を企《たくら》んだ、というのが今回の顛末《てんまつ》だった。

佳乃はあきれ果てた。山下巧も最低の男だが、そんな男に一度袖にされながら、すぐまたよりを戻す立野まみも立野まみである。

「で、これからどうするつもり?」

「しばらくあの宮原の婆《ばばあ》をやきもきさせた後、金を取る」

この二人は、日本の誘拐犯罪の成功率を知っているのだろうか……

昨今は検挙率が下がり、日本の警察は劣化しているなどと言われてはいるが、それでも営利誘拐の成功率はほぼゼロだ。

ましてや、この考えなしな二人の取り合わせ。いくら字が上手でも、人間それだけではどうにもならない、という見本のようなものである。

しかも、佳乃の後ろには原島財閥が控えている。もう既に原島家では、佳乃救出のための緊急対策班が招集されているはずだ。世界中の何処《どこ》にいても、俊紀は彼らに指示を飛ばすことができる。彼らが動き出せば、山下と立野はどんな目に遭わされることか……

佳乃は、なんだかこの二人が哀れになってきてしまった。考えようによっては、この二人は宮原の犠牲者である。佳乃の存在がなければ、山下が野心を持つこともなく、立野と別れることもなかった。そもそも佳乃がいなければ、日比谷教室校長である山下が後継者になるという可能性だってあったかもしれない。あまりにも気の毒な二人組だった。

「悪いことは言わないから、やめときなさい」

「なにを⁉」

二人は一瞬にして気色ばむ。その頃には既に佳乃は山下が手首に掛けたロープを外していた。縛られそうになったときに、予《あらかじ》め腕を捻っておいたのだ。それを元に戻すだけでロープは簡単に緩む。

いくら男とはいえ山下は書家であり、普段頻繁に人を縛り上げているわけではない。反面佳乃は、宮原家、原島家の両方で、徹底して護身術を叩き込まれている。もともと柔道一直線の体育会系でもある。動機と目的かがわかるまでは背後に別組織がいるかもしれないと大人しくしていたが、本気を出せばこの二人など敵ではない。

「旧家のお嬢だと思って、あんまり甘く見ないでね」

わざとらしくロープを束ね直し、彼らに手渡しながら言う。

「こういうことは、ＳＭプレイでも練習してからやってよ。それと、私を誘拐したら出張ってくるのは、おばあさまではなくて原島俊紀よ」

「原島⁉　あの原島財閥の⁉」

「ビンゴ。ちょっと訳ありで、今の私は原島俊紀の妻ってことになってるの。だから、あなたたちがけんかを売ったのは、宮原ではなくて原島財閥ね」

現実を認識した二人はみるみる青ざめた。恐るべし原島財閥。

「どうしよう……」

「二回目の電話、かけなくてよかったわね。もしかけてたら、今頃とっくに場所を特定されて、原島の緊急対策班にフル装備で突入されてたわよ。原島俊紀の気分次第では、そのまま東京湾のどこかに沈められて、完全に地球上から抹殺《まっさつ》。荒っぽいことこの上なしよ」

佳乃は冷静そのものだった。そして、震える二人を見下ろして言い放つ。

「このまま、どこかに逃げてしまいなさい」

「え……？」

仰天したのは彼らの方だ。何を言っているんだこの女は……という顔で見ている。

「今更、宮原に戻って働いてもらうほどお人好しじゃないけど、かといって、緊急対策班に抹殺させるのも忍びないわ。原因は私にあるみたいだし。郷里にでも戻って、二人で教室でも開けば、何とかやっていけるんじゃない？　もともと二人ともちゃんとした腕を持っているんだから、宮原から離れても大丈夫でしょう」

「でも、きっと警察とかも……」

佳乃は静かに首を振った。原島の緊急対策班は、警察より遥《はる》かに優秀だ。

「警察はまず動いてない。原島は警察になんて頼らないから。私が無事なら、上手く始末は付けられるわ。心配しなくていいから逃げなさい」

「佳乃さん……」

「ただし、ちゃんとまっとうに生きてね。もう二度と変なこと考えないで。もしまたこんなことやらかしたら、今度は見逃さないよ」

　それからあとの時間は非常に穏やかに流れた。佳乃の温情措置に感激した彼らは、空腹だろうと食事の用意までしてくれた。もともと知らない仲ではない。昔話に花が咲き、気づいたときには時計は午前二時を回っていた。今からでは都内に戻る電車もない。せめて車で送ると彼らは言ったけれど、あえて佳乃は朝を待って、一人で彼らのマンションをあとにした。元々一人になりたかったのだから、考えようによっては絶好のシチュエーションだ。

「海浜幕張か……」

その駅はよく知っている。商業見本市などがよく開かれる幕張メッセや、千葉ロッテマリーンズの拠点球場があるところで、佳乃も何度か訪れたことがあった。

原島邸に戻るべきだとはわかっている。宮野も山本も他のみんなも、きっと心配しているだろうし、緊急対策班も徹夜で詰めているだろう。

俊紀もおそらく、知らせを受けた直後に帰国の途に着いたはずだ。一番早い便に乗れたとしたら数時間後には成田に着く。本来ならば、帰国は明日の午後の予定だった。それなのに、自分のせいで予定を切り上げて帰国する羽目に陥《おちい》った。やり残した仕事を片付けるために、彼はまた繁多《はんた》なスケジュールを調整し、渡欧することになる。俊紀自身が出向かねばならぬほどの重要な交渉で、しかも時間の猶予もなかったはずだから、トンボ返りのようにまた十一時間のフライトである。

佳乃はまた深く落ち込んだ。

入籍とともに、佳乃の身辺警護はより強固になった。だが、その状況は佳乃にとってはあまりにも不慣れかつ不自然で、息苦しさを感じずにはいられない。たとえ一時でも……とそこを抜け出し、一人になろうとした途端にこの始末である。誘拐もどきなんてふざけた事態は、そうそうあるものではないにしても、自分を取り巻く環境を思えばゆゆしき事態はこれが最後とは思えないし、佳乃に何かがあるたびに俊紀は振り回されることになるだろう。

籠の鳥に慣れきったお嬢様なら、こんなことにはならなかった。

結局、足手まといにしかならないんだな……私は。

そんな絶望的な思いで立ちつくす佳乃の前で、電車が何本も発着を繰り返す。いつまでもこうしていたって仕方がない。とりあえず、と乗り込んだ電車は、勢いよく東京に向けて走り出した。

普段はこんなにすごいスピードで走っているくせに、ちょっと風が吹いただけで身動きが取れなくなる電車。まるで私のようだ……と、佳乃は流れる風景を見ながら思う。

そしていきなり視界に飛び込んできた異国情緒溢れる光景に、目を奪われた。

あれは、世界一有名なネズミの居城、ファンタジーと童話から後ろ暗いところを全部取り去った美しきディズニーワールド。だが、その風景はあっという間に後ろに消えた。

何にも考えず、あそこで一日遊んだら楽しいだろうなあ……

佳乃は真剣にそう思った。

こんな事件に巻き込まれ、自分の身の程を思い知らされてしまったあとでは、とてもじゃないが俊紀に合わせる顔がない。

今後の身の振り方まで含めて、考える時間が必要だった。けれど、今考えたところでどうせ思考は後ろ向き一直線だ。それぐらいの自覚はある。それなら心配している面々には申し訳ないが、ディズニーシーのゴンドラにでも乗っていた方が楽しい。

もともと佳乃はディズニーランドもディズニーシーも大好きだった。

だが、なかなか行く機会に恵まれず、特に大人になってからは一度も行っていない。当然だ。原島財閥総裁がネズミ王国にお出ましになるとは思えない。彼が行かない限り、佳乃が行く機会があるはずがなかった。

「もう今日は一日中遊びまくってやる！」

だって今、私はまさに一人なんだから。

佳乃は決意した。次の駅で下車し、滑り込んできた逆方向行きの電車に乗る。乗り込むとともに発車した電車は、ほんの数分で佳乃を夢の国に運んだ。


俊紀は午前八時半に成田に到着した。

襲いくる不安を意識の外に押し出して、十一時間のフライトをほぼ睡眠に費やした。そうしておけば、帰国直後から佳乃の救出にフル参戦できる。限られた状況で最善を尽くすことは、原島財閥総裁としての俊紀の習い性だった。

「犯人から連絡は？」

「それが……」

最初の電話以後、犯人からは何の連絡もなかった。宮原家と原島邸に分散した緊急対策班は無為に時間を過ごし、結局、俊紀の到着とともに、数人を残し宮原家からは引き上げた。

佳乃の携帯電話の電源は切られたまま、依然として彼女の行方は掴めない。

俊紀の中で刻一刻と、嫌な予感が大きくなっていく。

佳乃はそんじょそこらのお嬢さんではない。元々、柔道の黒帯だし、俊紀のもとに来てからも、自衛のためにあらゆる護身術を学んだ。どんな仕事をするよりも熱心で、SPや緊急対策班相手に嬉々として実技練習までこなしたほどである。

だから、ここまで連絡がないというのは、佳乃に何かがあったというよりも、とっくに彼女は解放されて、自分の意志で連絡してこないということではないか。

そんな俊紀の推測を裏付けるように、佳乃からの連絡が入ったのは午前十一時過ぎのことだった。

「佳乃です。無事だと皆様にお知らせください」

電話に出た宮野にそう言い捨てて、佳乃はすぐに電話を切った。携帯電話を使えばその瞬間に場所を特定されることはわかっていたから、わざわざ公衆電話を探してかけたのだろう。

「やっぱりか！」

宮野の報告を受けた俊紀は、これ以上ないというぐらい不快げな表情になった。

結局、俊紀の予想は的中した。誘拐事件があってもなくても、佳乃はいなくなるつもりでいたのだ。しかもそれは、誘拐事件のおかげでさらに複雑な様相を呈した。無事だという言葉を信じるにしても、誘拐犯が佳乃をどこに運び、どこで解放したのか知る術《すべ》はなかった。


佳乃の所在が掴めぬまま、じりじりと時ばかりが過ぎていく。事態が動いたのは、午後になって門前が現れたときだった。


「あら、なんの騒ぎ？」

門前は訝《いぶか》しく思って声をかけた。明らかに普段よりも人の多い原島邸。しかも、その大半はなにやら物々しい雰囲気の厳《いか》つい男たちである。俊紀が無愛想なのは今に始まったことではないが、宮野や山本まで血の気をなくしているのは、あまりにも不自然だった。

「……」

どこからどこまで説明していいのか判断できず、誰もが俊紀の顔色を窺《うかが》う。門前は、そんな一同に首を傾げつつも、それならそれでいいわ、と切り捨てて明るく言った。

「結婚式の打ち合わせをする約束だったんだけど、佳乃さん、もう戻ってる？」

なぜ佳乃がいないことを知っているのだろう。門前と打ち合わせがある日は外出の予定を入れないことが常なのに……

「確かに佳乃様はご不在ですが、なぜご存じで……？」

宮野が疲れ果てたような声で訊《き》く。

「あら。だって、朝一番で駅にいるのを見かけたもの」

そんなふうに平然と言った門前は、あっという間に男たちに取り囲まれた。

「どこで見た⁉」

図体のでかい面々に詰め寄られ、門前はたじたじになりながら答える。

「舞浜。私が乗ってた電車から、ホームの階段を降りていくのが見えたわ」

まいはま……と呟いた一拍あとに、俊紀がぼそりと言った。

「舞浜……って例のネズミ王国があるところじゃないのか？」

その言い方に思わず吹き出しそうになりながら、門前は答えた。

「まあ、あの駅に降りる大半の人は、それが目的でしょうね」

「で……そんなところでなにやってるんだ、あいつは⁉」

「俊紀様……あの場所にいる人間は、働いている者をのぞいて全員遊んでいるかと……」

そう言った宮野が正解だ。もちろんそのとおり。佳乃がディズニーリゾートで働いている可能性はゼロだ。だとしたら、佳乃は遊んでいるに違いない。

すぐに緊急対策班がディズニーリゾートに飛んだ。二つの施設にかなりの人数を投入したが、佳乃を確認するのに二時間かかった。いくら緊急対策班が精鋭とはいえ、あの人混みの中、移動し続ける人間を捜し出すのは簡単ではない。

報告によると、佳乃はディズニーシーの方にいて、実に楽しそうにアトラクションに乗りまくっているらしい。

「一人でか？」

「そのようです」

二十七歳の女が一人でディズニーシー。一体あいつは何を考えているのだ！

俊紀には、何がどうなっているのかさっぱりわからなかった。実のところ、わかりたくもなかった。無線で飛ばしている緊急対策班メンバーの会話が、どんどん飛び込んでくる。

「うちの姫さんはじいさんの法事の後、プリンセスワールドに拉致されたのか？」

「じゃあ、犯人はどこかの王子か？」

「見あたらねえぞ。人さらい王子は、姫さんを放置して何処《どこ》に行ったんだ？」

「姫さんが巴投《ともえな》げで飛ばしたに一票」

「姫さんが一本背負いで海に投げ込んだに一票」

「で、姫さんはあーせいせいしたとゴンドラ乗って」

「ひゃっほー！　とばかり高い塔から急降下して」

「王様そっちのけでお楽しみか？」

「やかましい‼」

やること以上に口が荒っぽい彼らの会話に耐えかねた俊紀が、割り込んで怒鳴りつけた。

この連中と絡んだときの俊紀は、原島財閥総裁とはとても思えない柄の悪さだ。

「もういい。無事が確認できたなら救出作戦は必要ない。お前たちは解散していいぞ」

でも……と、現地指示責任者の井上《いのうえ》が食い下がる。俊紀様がいらっしゃるまで目を離さずにいないと、またどこに行ってしまうかわからない……と。

「……やむを得ないな」

そのまま彼らは監視という名目でディズニーシーに居座り、佳乃を見張りながら俊紀の到着を待った。もちろん、それぞれが大いに楽しみながら。

「全く……こんなことなら、奴らと一緒に移動するんだった」

ぶつぶつ言いながら俊紀は車に向かう。佳乃の所在が確認されるまで待機したのが間違いだった。あの連中がどの面下げてディズニーシーだ。似合わないにもほどがある。

「リムジンの用意はできておりますが？」

アウディの鍵を握った俊紀に、慌てて宮野が声をかけた。

「いい。どうせ閉園まで遊びまくる気だろう。それまで運転手を待たせるのも気の毒だ」

そう言うと、俊紀は黒のアウディに乗り込んで颯爽《さっそう》と走り去った。

「お優しいことで……」

見送った宮野は、頭を下げたまま呟いた。運転手に優しいのか、佳乃に閉園まで遊ばせてやろうというのが優しいのか、自分でもどちらを指しているのかわからないままに。

閉園まであと三時間。これからどうしよう……

駅前で時間を潰したあと、開園とともに入場し、一日中、あちこちのアトラクションに乗りまくった。確かに、同伴者のペースを考えずに気ままにアトラクションに乗るのは楽しかったが、あちこちで歩く二人連れを見るたびに、痛む心を持て余す。監視の目に耐えかねて、一人になりたくて、逆境を利用し、望みどおりに一人になった。けれど、一人で居続けることはあまりにも淋しい。いや……違うな、と佳乃は自分で訂正する。俊紀と一緒にいられないことが淋しいのだ。

煩《わずら》わしい警護と監視は嫌だ、でも俊紀のそばにはいたい。そんな都合のいい主張が通るものか。自由気ままに暮らしたいなら、原島財閥総裁の妻なんて無理に決まっている。ましてや、俊紀の方は結婚を無理強いされそうになっていた佳乃を助けるために、やむを得ず入籍という手段をとったに過ぎない。幼稚園になじめず脱走する子どものようなトラブルを、しょっちゅう起こされてはたまったものではないだろう。

第一……と佳乃は思う。

俊紀はそろそろ後悔し始めているのかもしれない。

彼が佳乃に手を出したのは、一番手近にいて一番都合がよかったから。長年そばにいて、気心も知れている佳乃であれば、あとあと面倒なことにはならないからだ。

けれど予期せぬタイミングで佳乃が宮原に戻ってしまったことで、彼は若干常道を踏み外した。佳乃が宮原家に戻され、誰かと結婚させられる前に何とかして奪回しなければ、五年もかかって磨き上げた都合のいい女を手放すことになってしまう。焦った挙げ句、思いついたのが、こともあろうに入籍詐欺である。

だが、安易に入籍なんてことをやらかしてみたものの、冷静になって考えれば佳乃との結婚はあまりにもメリットが少ない。佳乃が果たす役割は、婚姻関係がなくとも十分可能だ。いや、むしろ婚姻関係がデメリットになっている。実際に業務に支障が出ては、それを痛感せざるをえないだろう。

それに、今になって思い返してみれば、一週間前に出発してから俊紀のほうからの連絡は一度もなかった。業務の進捗状況と体調管理、その他あれこれのために佳乃からメール連絡を入れることはあっても、彼から連絡が入ったことはただの一度も……

つまり、佳乃がいなくとも、俊紀は公私ともに原島財閥総裁としてやっていけるのだ。そもそも佳乃が彼と出会うまで、ずっとそうしてきたのだから……。佳乃を伴わない出張で、彼はその事実に気がついてしまったのではないか。だからこそ、連絡がなかったのではないか。

佳乃は、もういくつ目か数え切れなくなったため息を、また一つ重ねる。やはり無理だ。こんな状況で彼のそばにはいられない。なんとかして原島を出なければ……

佳乃は目の前のカップのカフェラテを飲み干し、立ち上がろうとした。

そのとき、ゆらりとその場の空気が揺れ、店内の雰囲気が変わった。


有名人を見たときと同じ、ギャラリーの密やかなざわめきが広がる。その真ん中を抜けて、カフェバーに入ってくる俊紀が見えた。

普段あまり見ることのない、黒のストライプシャツにジーンズというラフな服装。にもかかわらず、全身からまさにエグゼクティブそのもののオーラを放ち、まっすぐにカウンターに向かってくる。店内の客は皆、呆然と俊紀を見ている。

逃げ出さなければ、と思った。けれど鋭い眼差しに射貫かれて、足など一歩も動かない。

あと五メートル、四メートル……三、二、一……到着。


俊紀は、佳乃の全身を確かめるように見たあと、優美な動作で佳乃の隣に腰を下ろし、シングルモルトをロックで、と注文した。綺麗な球形に削られた氷に、マッカランの十二年ものが注がれる。

長い指がグラスを弄《もてあそ》び、時折、琥珀色の液体を喉に流し込む。佳乃はついその指に見惚《みほ》れてしまった。この指は佳乃を狂わせる。この指が佳乃に触れれば、どんな秘密も全て口からあふれ出てしまうだろう。

「どうしてここが？」

俊紀の存在そのものに酔わされそうになった佳乃は、ごまかすようにそんな問いを発した。佳乃の携帯は、相変わらずオフになったままだ。俊紀はどうやってこの場所に佳乃がいると知ったのだろう。

「門前。今朝、舞浜駅にいるお前を見かけたそうだ」

ああ、そうか……そこまで特定されてしまえば後は簡単だ。彼が到着するまでの間、やっぱり私は見張られていたのか……

「ただし、連中はもう引き上げた。お前さえ見つかれば、ここにそれ以上の危険はない」

そして、俊紀はまた黙ってグラスを傾ける。佳乃はぼんやりと俊紀の言葉の意味を考える。

何を思っているのだろう。俊紀は相変わらず何も語ってはくれない。

沈黙を持て余して見上げた壁の時計の針が八時に近づく。佳乃は俊紀に言った。

「夜のショー……見に行ってもいいですか？」

ディズニーシー最大の呼び物である火と水のショーは、午後八時に始まる。

佳乃はそれを見たかった。俊紀と一緒に……

今は考えるのをやめよう。佳乃はそう心に決めた。

何を言っても、もう彼はここにいる。答えの出ない問いに悩むよりも、今を楽しんだ方がいい。こんな機会、もう二度とないかもしれないのだから……

俊紀は残っていた酒を呑み干し、チェックをすませると、佳乃を連れて外に出た。

園内の人間が皆会場へと向かっている。さっきまで一人で、心にすきま風が吹くようだったのに、今は俊紀がいる。それだけで周りの風景が違って見えた。

さっきの俊紀の言葉が心に染みてきた。ここにいるのは、私たちだけだ。私たちが原島財閥の関係者だと知るものは、誰もいない。

俊紀は周りのカップルと同じように、いや、それよりももっと近い位置に、佳乃を抱き寄せて歩く。まるでデートみたいだ……と佳乃は嬉しくなってしまう。

仕事でいろいろなところへ行った。外国も含めて……。けれど、遊ぶためだけの場所に、二人で来たのは初めてだった。

それは壮大なショーだった。
どこかユーモラスな主人公が、ギミックのドラゴンに戦いを挑む。巨大なウォーター
スクリーンに、次々映し出されるキャラクター。噴き上げる水、飛び交う光、炸裂する
炎。作り物だとわかっていても、なぜか神秘的なものを感じる。
俊紀に後ろから抱きしめられながら見ていると、なおさらこの世のものではないよう
な気になる。
数十分の火と水と光のショーが終わり、今度は花火が夜空を彩《いろど》る。
今夜のことは決して忘れない。忘れられるはずがない……それほど佳乃は感動してい
た。
俊紀は、噴き出す水も光も、空いっぱいの花火すらも見ていなかった。
ただひたすらに、腕の中の佳乃を見ていた。驚いたり、感動したりするたびに、表情
を変えていく恋人を。
そこにはなんの憂《うれ》いも不安もなかった。ただ純粋にこの夜、この時間だけを楽しんで
いる佳乃。群衆の中で、ためらうことなく自分の腕に収まっている佳乃。綺麗ですね、
すごいですね、とまっすぐに俊紀の目を見て言う佳乃。どれも初めて見る佳乃だった。

「ただのゲストでいるって、本当に楽しい……」

独り言のように呟いた彼女の声が、俊紀の心に大きく響いた。


花火が終われば、閉園までは残りわずかだ。土産を選ぶ者、最後の最後までアトラクション攻略を諦めない者、その過ごし方は様々だ。だが、佳乃はもう十分だった。

「出口が混み始めないうちに帰らないと……」

きっと俊紀は帰国したばかりで疲れている。時刻は九時半近い。ここから原島邸までは、どう頑張っても一時間以上かかる。早く帰った方がいい……

「心配するな。ホテルを取ってある」

「どうやって⁉」

ディズニーリゾート付近のホテルは、常に満室なことで有名だ。泊まりたい人は皆、何ヶ月も前から予約しなければならない。当日いきなり取れるはずがない。

「原島財閥をなめるなよ。ホテルの一室ぐらい常にリザーブしてある」

当たり前のようにフロントで鍵を受け取り、入った部屋は豪華なスイート。

「このご時世に、経費節減って概念はないんですか？」

またしても原島財閥の力を見せつけられて、佳乃はうんざりしていた。

「この場合は税金対策だ。いずれにしても、呑んだから運転はできない」

「自分で運転してきたんですか⁉」

確信犯だ。そうとしか思えなかった。俊紀があの場面で、しかも車で来ていながら、酒を口にする必要性などみじんもなかった。そもそも十一時間のフライトで帰国したばかりのくせに、自分で運転してくること自体が無謀だ。

「そうでもしなければ、お前は帰りの車の中で、これ幸いと寝てしまうにきまっている」

う……と佳乃は言葉に詰まる。図星だった。この部屋は綺麗な尋問部屋だ。

佳乃は俊紀の腕の中で、事の次第を洗いざらいしゃべらされるだろう。

彼が出張に発ってから六日ぶりの逢瀬。さらに誘拐事件つきである。

簡単に解放されると思うほど、彼を知らぬわけではなかった。


覚悟はしていたものの、予想を超えて俊紀は激しかった。

ディズニーワールドというファンタジーの世界におよそ似つかわしくないほどに佳乃を翻弄《ほんろう》する。達しても達しても許されず、幾度も官能の世界に引き戻された。

カフェバーの暗い照明の下で見惚《みほ》れた長い指が佳乃の体を探り尽くし、シニカルに笑う唇がその指を追う。

俊紀の手で、彼の愛撫にだけ馴染むように教えこまれた体に、対抗する術《すべ》はない。ただ啼《な》かされ、彼を乞《こ》わされ続けた。

絶え間ない愛撫の中で佳乃は言葉を口にすることもできない。口をつくのはこれが自分の声かと思うような喘《あえ》ぎ声ばかりである。その声に更に俊紀は煽《あお》られる。

砂漠で水を欲するよりも、水中で呼吸を欲するよりも、俊紀が欲しかった。全身くまなく彼の存在に満たされたかった。

俊紀は勝ち誇る悪魔のような微笑を浮かべ、官能に喘ぐ佳乃を追い詰める。果てしなく焦《じ》らされ、耐えきれなくなった佳乃が恥じらいを越えて懇願するまで――

何度となく繰り返されてきた夜。にもかかわらず、俊紀は佳乃を追い込む手を少しも緩めない。

むしろ何かが起こるたびに、二人の間に距離が生まれそうになるたびに、その手はより激しく淫《みだ》らになっていく……

さんざん蹂躙《じゅうりん》し、ようやく俊紀は満足して熱い吐息を漏らした。佳乃の呼吸が整うのを待って、バスローブを羽織る。

冷蔵庫から冷えた水のボトルを取り出すと、半分ほど飲んでから佳乃に渡した。

佳乃も一息に飲み干す。渇いた喉に、冷えた水が甘く感じた。空のボトルを俊紀が受け取る。

「さて……」


彼は、かたんと音を立てて、ボトルをサイドテーブルに置いた。

ベッドに腰かけ、わずかに細めた目で佳乃を見る。

尋問開始。


ああ……やはり見逃してはもらえない。佳乃は、そんな諦めにも似た境地になる。


「自分から話すか、それとも、もう一度、話さざるを得ない状況になるまで追いつめられたいか……私はどっちでもかまわないぞ」

この男はやはり悪魔だ。佳乃はもう疲れ果てて足腰たたぬほどだというのに……

「私は無事です。どこにも支障はありません」

表向きの事実はそれだけだ。自己能力も状況も測り損ねた、間抜けな二人組のおふざけにほんの半日付き合わされた。ただそれだけのことである。逃げ出そうとしたことなんて、黙っていればわからない。電車の窓から見えた夢の世界に、ちょっと寄ってみたかったんだと言い張ればいい。かわいらしく、舌なんて出して、ごめんなさいと……

もちろん、そんなことが通じる相手ではなかった。

「それで私が納得すると思うのか？」

俊紀は佳乃が攫《さら》われたと知ったときの衝撃や、その後の、冷たい手で心臓を鷲づかみにされたような時間を思い出した。

佳乃の身を案じ続けた時間。その後にきた、更なる苦悩の時間。

無事だと、大丈夫だと、たった一本連絡を入れたきり、行方をくらました佳乃。

一秒一秒が、五倍にも十倍にも感じられた時間を、彼女はなかったことにしろと言う。

自分は無事だったのだから……とうそぶいて。

私はちっとも無事じゃない。お前を失うかと思って、生きた心地もしなかった。

そう叫んで、肩を揺さぶってやりたかった。お前が逃げようとしたことに気づかないとでも思っているのかと……

けれどそのとき、今夜ここで見たショーや花火に、子どものように声を上げて喜んでいた佳乃の姿が頭に浮かんだ。

俊紀との結婚騒ぎ以来ずっと張り付いていた翳《かげ》りは、何処《どこ》にもなかった。

群衆の中で何のためらいもなく俊紀の胸にもたれ、夜空に散る火花を見つめ続けていた。

自分たちが原島財閥の関係者であることを知る人間は、ここには誰もいなかった。

この場所で誰の監視もなく、群衆に紛れ、ただのゲストカップルとして過ごすことが、これほど佳乃を楽しませるなんて想像もしていなかった。

俊紀が今の生活を捨てることはできない。株式会社原島を含めて、原島財閥の長としての責任を放棄することは、あまりにも他への影響が大きすぎる。常にSPや緊急対策班に警護される生活も、自分を取り巻く危険を思えば受け入れざるを得ない。

だからといって、佳乃を手放すこともできなかった。

戒《いまし》めを解き、彼女をゲストに戻してやる方が、佳乃にとっては幸せなのかもしれない。

だがそれは同時に俊紀を殺すことである。俊紀には、佳乃のいない暮らしなど考えられなかった。

佳乃が原島邸に来てからの五年の日々を思い返す。あらゆることを、真剣にそして俊紀が求める以上のスピードで身につけていった佳乃。

きっと佳乃は、俊紀のそばにいるためには有能であらねばならないと思っていたのだろう。さもなければ自分は必要とされないのだと。

入籍後にさらに加えられたのは、警護という名の行動規制。それらはどれほど佳乃を苦しめていることだろう。

まだ昇らねばならない、もっと昇らねばならない、さもなければ自分の居場所はない。そして自分は耐えねばならない、自由のない暮らしに。俊紀のそばにいるために。

そんながんじがらめの感情が、佳乃を疲弊《ひへい》させないわけがなかった。

だからこそ逃げ出そうとする。もう無理だ、昇れない、こんな暮らしには耐えられないと思う自分は、そもそも俊紀とは不釣り合いなのだと……

俊紀は悟った。自分は明らかに間違っていた。

どれほど佳乃の存在が自分にとって重要なのか、全然伝えていなかった。原島財閥総裁としてではなく、人間として、一人の男としての自分が、いかに佳乃という女を必要としているか、語ろうともしていなかった。一度は宮野や父親にまで警告されながら、入籍という形式に過ぎない絆《きずな》に慢心し切っていた。

二人の間に上下関係などない。どんな場所に俊紀がいようと、キャストであろうがゲストであろうが、その隣には必ず佳乃の場所がある。むしろその場所に佳乃がいてくれなくては、自分はまともに生きていくことすらできない。たとえ佳乃が疲れ果てて動けなくなっても、佳乃がそこにいてさえしてくれるなら、自分は動けない彼女を抱え上げて、どんな場所にでも連れていくことができる。自分の目指す場所にも必ずたどり着ける。佳乃こそがその力をくれるのだと。

そのことをきちんと説明し、その上で、自分にとってどうしても欠くことができない存在である佳乃に、この環境に耐えてくれと頼むべきだったのだ。

佳乃にとって息苦しいに違いない暮らし、それを自分のために耐えてくれと……

それを怠《おこた》ってきたことの報いが昨日からの苦悩の時間だとしたら、それは俊紀が受けねばならない当然の罰だったのだろう。

「佳乃」

俊紀は右手で佳乃の顎《あご》をとらえ、彼女と自分の視線をしっかり合わせた。

「二度とこんな思いをさせてくれるな。お前を失ったらと、生きた心地がしなかった。お前がそうしたいというのなら、ディズニーランドだろうがユニバーサルスタジオだろうが、三日でも四日でも遊び続けてもいい。お前が行きたいというなら、宇宙の果てでも連れていく。約束する。だからもう私に黙ってどこかに行ったりしないでくれ」

佳乃は、俊紀の不安そうな瞳に驚いた。

いつも自信たっぷりで、あらゆる問題を右から左へと捌《さば》き、向かうところ敵なしの原島俊紀。その人が、佳乃が逃げ出そうとしたことにこんなにも傷ついている……

「ごめんなさい……」

彼のやるせない瞳に佳乃は心から詫び、そっと俊紀を抱きしめた。

「お前がいない日々は地獄だ。お前がいなくなるかもしれないと思っただけで、目の前が真っ暗になる」

耳の奥まで響くいつもより遙《はる》かに速い俊紀の鼓動が、その言葉が嘘ではないと裏付けている。それなのに、佳乃は確認せずにはいられなかった。

「この一週間で、いなくても平気だってわかったんじゃないんですか？」

「馬鹿なことを……」

「だって、一度も連絡くれなかったじゃないですか……」

即座に顔に浮かんだ、心外だという表情を、俊紀はそれ以上の速さで消した。いかに自分の言葉が足りていないか、伝え方を間違っていたかをさらに実感させられたのだ。

「耐える自信がなかった」

「え……？」

「抱きしめることはおろか、手すら触れられず、お前の声だけを聞いて、平静でいられる自信がなかった。仕事なんて放り出して、お前の所に駆け戻りたくなる。駆け戻って、腕の中に閉じこめて、もう無理だと言うぐらい啼《な》かせたくなる」

どんなに事務的な言葉であっても、俊紀にとっては天使の声よりも耳に心地よい佳乃の声。遠く隔てられたところでそんな声を聞いてしまえば、いてもたってもいられなくなる。佳乃の存在で頭がいっぱいになり、ただ触れたい、逢いたいという想いに乗っ取られる。そしてその想いは、佳乃を腕に抱くまで決して消えず、増殖し続ける。

それでは全く仕事にならない。だから、あえてメールにも返信しなかった。

その上で、必死に耐えて続けていたのだ。原島財閥総裁が、たった一人の女がそばにいないだけで全く使い物にならないなんて、世界に晒《さら》すわけにはいかない。そう自分に言い聞かせて、この一週間を生き抜いたのだ。

「そんな馬鹿な……」

「お前がいないと、それぐらい馬鹿なんだ、私は」

俊紀は、おそらく二人が出会って以来初めて、その心を剥《む》き出《だ》しにしていた。

今なら、今このときなら、ずっと訊《き》きたかったことが訊けそうだった。

「私は、あなたのそばにいてもいいんですか？」

何のメリットもなく、むしろ足を引っ張りかねない存在なのに……と佳乃は小さく呟く。

「いっそ私が、原島財閥総裁なんてものじゃなければ簡単だったのにな」

俊紀は、必死の想いを込めて自分を見つめる佳乃を、さらに強い力で抱きしめた。

「私がそこらの会社員で、身辺警護なんて一切無縁で、どこに行ってもなにをしても誰も気にかけないような男なら、お前はもっと気楽に私のそばにいただろう」

佳乃にはそんな俊紀は想像もできない。けれど、もしもそうだったとしたら、きっと二人は出会いすらしていないのだ。そんな普通の男が、床掃除を外注するわけがない。

「そしたら、私たちきっと出会いませんでしたね」

「出会ったに決まってる。私たちが出会わない人生なんてあり得ない」

「何でそんなに自信たっぷりなんですか？」

「私たちが出会ったのは運命だ。だから、お前の質問はナンセンスだ」

「ナンセンス？」

「そうだ。そばにいてもいいとか悪いとかじゃない。いてもらわないと困るんだ」

「……困るんですか？」

「困るんだよ。一つの側面だけ取り出すことなんてできないぐらい、あらゆる意味で、お前は私にとって必要不可欠な存在だ。私はお前がいなければ生きていけない。私がどんな身分のどんな仕事をしている人間でも、たとえお前が、世界の反対側にいても私たちは必ず出会っただろう」

「すごい思いこみですね」

佳乃の半ば照れ隠しのような、からかうような口調に、俊紀は怯《ひる》むことすらしなかった。

「思いこみでも何でもいい。私がそう思うならそれが真実だ」

その後、俊紀は佳乃に延々と言い聞かせた。

絶対にお前は私のそばにいるべきだ。そして、お前が私のそばにいるために必要な要件なんてなに一つない。ただ、お前がお前であればいい。昇るための努力をしたければすればいい、それはとても素晴らしいことだけれど、それができないほど疲れたならば、いつでもやめてしまえばいい。一歩も動けないほど疲れたら、私の腕の中で休めばいいのだ、と。

「そのまま二度と動けなくなっても?」

「その方が、扱いやすくていいかもしれない」

「ひどい……私って、そんなに跳《は》ねっ返《かえ》りですか?」

「まあ、そんなところだ。手がかかって仕方がない。それでも……」

俊紀は、しばらく黙って言葉を探した。どうしても伝えねばならないとわかっていても、あまりにも口にしづらい言葉。それを何とか違う言葉に置き換えられないかと……けれど、そんなことをしたら、今度こそ腕の中の存在を失ってしまいそうだった。

佳乃が自分を好きだと思う気持ちは確かにあるのだろう。

けれど、自分のそばにいることと自由な生活を天秤にかけて、後者を選んで逃げ出そうとしたのであれば、その想いは自分ほど深くはない。

俊紀には、そんな風にしか思えなかった。だからといって、手放すことなどできない。なんとしても、曖昧に漂う佳乃の心を手繰《たぐ》り寄せたかった。


「私はお前を愛している。だから、今じゃなくていい、全部じゃなくてもいい。お前の愛を私にくれ」


俊紀は非常にプライドの高い男だ。そして佳乃にとっては、とんでもなくわがままな男でもあった。もちろん、経営戦略としての計算に基づく配慮をふんだんに使うことはあったが、プライベートにおいて、気配りとか優しさを表に出すことはなかった。

佳乃に対しても、ただそばにいろと、どこにも行くな、と命じることは多々あった。けれど、その根拠を説明することは一度もなかったし、彼の心情を測る術《すべ》はなかった。

だからこそ、佳乃は出口のない迷路を延々と回り続けた。もう出口はないのかもしれないと思いながら、それでも、どこかに辿り着きたい気持ちを捨てられなかった。

その俊紀が、これまで決して佳乃に見せなかった心情を吐露し、明確に愛を告げ、あまつさえ佳乃の愛を求めることまでした。今じゃなくていいから、全部でなくてもいいから……と彼にしてみれば、考え得る限りの譲歩までして。

もともと彼の愛を求め、そんなものはないのかもしれないと思いながらも諦めきれずに彷徨《さまよ》っていた佳乃に、俊紀の想いが沁《し》みないわけがなかった。

私たちは愚かなキャストだ……佳乃はそう思った。

自分の感情を隠し、台本を演じるのに必死で、その裏にあるお互いの本当の想いを読み取ろうとしなかった。素直に伝え合えば、こんなに遠回りをして、自分で自分を、そしてお互いを傷つけることなどなかったのに……

佳乃が俊紀の想いを測り損ねたように、彼もまた佳乃の想いを掴み切れてはいなかったのだ。自分の中に常にあった不安は、俊紀の中にもずっとあった。

でももう、三文芝居は必要ない。

それでも彼をまっすぐ見つめることができなくて、佳乃は俯《うつむ》いたまま俊紀の胸元に告げる。

「私は、心と体を切り離せるほど器用じゃありません」

無意識に佳乃の肌を滑っていた俊紀の唇が止まった。

「佳乃……」

「いつかとか、全部じゃなくていいとか言わないでください。とっくに丸ごとあなたのものです」

顔を隠した意味などなかった。俊紀は両手で佳乃の顔ごと包み込んで上げさせ、有無を言わさず視線を奪い取った。

「はっきり言ってくれ」

その言葉が聞けるなら、全てを捨ててもいい。それぐらい俊紀は、その言葉を渇望していた。

「愛しています」

物語では何度も読んだ。ドラマでも映画でも飽きるほど聞いては憧れた。けれど、二十七年生きてきて、佳乃が実際にこの言葉を口にしたのは初めてだった。そして、その言葉の本当の意味を知ったのも……

愛しているという言葉は、心から滲《にじ》み出る言葉だ。

自分のためだけにあふれる想いを、純粋に相手に伝えるためだけに……

俊紀はただじっと佳乃を抱きしめる。

こんなにも長くそばにいながら、幾度となくこの腕に抱きながら、初めて手にした佳乃の想い。

想像したこともなかった。愛しい女から愛を得るということが、これほど心を震わせるとは……言葉をなくすほどに。


六年前の夏の日、疲れ切って帰宅した俊紀の胃に妙に馴染んだあのリゾット。

この暑い夜に、なぜ湯気立ちのぼるリゾットなんだ……と思いながら口にしたのに、その熱さが胃の腑《ふ》に染みた。あっという間に食べきると、疲れが溶けたような気がした。

翌日再び厨房《ちゅうぼう》にリゾットを……と注文したが、出されたのは、昨夜とは全く違う正しすぎるリゾットだった。

確かに美味だったが、それは俊紀が求める味ではなかった。何度作らせてみても違う。

とうとう宮野を問いつめて、作ったのは山本ではないと知った。

ハウスクリーニング会社に問い合わせ、やっと呼び出した谷本佳乃という学生。

見た瞬間に欲しいと思った。リゾットの味と、初めて会った佳乃の印象が見事に重なる。あることにすら気づいていなかった心の隙間に、佳乃は勝手に忍び込んだ。自分から見たら九歳も年下、しかも夜中に他人の家を掃除して回るアルバイトをしているという。何故それほど惹き付けられるのか自分でもわからない。

それでも、どうしてもそばに置きたくて、脅迫まがいのやり方で原島邸に雇い入れた。顔を見ることがなくても、自分が帰宅したときに彼女が家にいるという感覚は、思ったよりも遥《はる》かに俊紀を和ませた。彼女の作る料理が食べたくて、仕事を切り上げて帰宅する日々。そしてやってきた佳乃の卒業。

絶対に何処《どこ》にもやらない。何年かかろうと、自分のパートナーとして相応《ふさわ》しい女に教育する。それが俊紀の決断だった。

朝から晩までそばに置き、全てを教えた。計画どおり、佳乃は俊紀という存在に慣れ始める。それが恋に変わるのに大した時間はかからないと俊紀は踏んでいた。だが、そう上手くはいかなかった。

これまで俊紀のそばにいて、ましてや俊紀に狙いを定められて、彼に恋しない女はいなかった。けれど佳乃はかたくなに俊紀を寄せ付けない。

こんなに心を明け渡さない女は初めてだった。それどころか、意識的に外へ逃げ出そうとする。自分以外の男と出かけるなんてあり得ない暴挙だ。

ぎりぎりまで我慢はした。少なくともその努力はしていた。佳乃はまだ若い、時間はたっぷりある。だが、レストランの窓越しに、佳乃と鳥居道広の姿を見た瞬間、脳のどこかで血管が切れた。

もう待たない、もう待てない。俊紀はランチタイムのレストランに特攻をかけ、連れ帰るなり真っ昼間のオフィスで唇を奪った。

その夜、佳乃は本気の逃亡を図《はか》った。許せない……逃げ切れると思っているのなら、その甘い考えは徹底的に叩き潰さねばならない。

そして、絶対的に彼女が自分のものであることを佳乃の体に叩き込んだ。我ながらその鬼畜ぶりに呆れるほどだったが、さらに鬼畜の振る舞いは続き、最後はだまし討ちで結婚までさせた。それでもなお、佳乃は逃げ出そうとする。

何故そんなことになってしまうのか、俊紀はわかっていなかった。何がそんなに不安なのか、佳乃にもわかっていなかった。そして今、二人はようやく気がついたのである。

厳重すぎる警護が息苦しいとか、自分では釣り合わないとか、全ては得られそうもない愛を諦めるための言い訳だった。

欲しかったのは、嘘偽りなく心から滲《にじ》み出る愛の言葉であり、それによってしか伝えられないお互いの想い。それさえあれば、すべては越えていけるのだと……

五年という歳月をかけ、たった一言の宝石のような言葉を得た二人は、ただお互いの存在を感じるためだけに抱き合い、ゆっくりと眠りに落ちていった。

第五章　海辺の休日

「今日は休む。案件は残っていないはずだが、一応確認してくれ」

そんな声で佳乃は目を覚ました。

窓辺に立った俊紀が、携帯で話している。相手はおそらく宮野だろう。俊紀が仕事を休むなんて、珍しいこともあるものだ。やはり出張の疲れが出たのだろうか。夕べだって、ろくに眠っていないはずだし……

「大丈夫だ。佳乃はちゃんと回収した。心配はいらない」

会話は続いている。回収されたのか私は……と佳乃はぐったりする。

随分荒っぽい回収であった。毎度毎度、ここまで攻められるのなら、俊紀のそばを離れない方が身のためかもしれない。それぐらい、彼の所有権主張は容赦なかった。

あれこれ確認が済んだらしく、電話が終わった。

「お疲れでしょう？　帰って休みますか？」

「大丈夫、お前のおかげで充電完了だ。どこか行きたいところはあるか？」

「え……？」

「本来ならまだ出張中のはずだから、一日休みにしても支障ない。今日はディズニーランドの方に行ってみるか？」

入り口でミニーやデイジーに抱きつかれたあと、ビッグサンダーマウンテンに乗る原島俊紀……？　もし中身が女性なら、ミッキーだってグーフィーだって俊紀に抱きつくだろう。

絶対無理だ、こらえきれない……

佳乃は耐えきれず、爆笑してしまった。しばらく笑いが止まらない。

「何がおかしい！」

俊紀が不機嫌そのものの声で言う。佳乃の笑いはまだ止まらない。

「似合わなすぎます。そもそも絶叫系好きなんですか？」

「別に苦手じゃないぞ」

「でも面白いとも思ってないでしょう？　ああいうの乗っても、なんだか、重力方向の計算とか、集客率の計算とか始めたくなるんじゃないですか？」

「お前は私をなんだと思ってるんだ。でもまあ、確かにそっちの方が面白そうだ」

「やっぱり……。無理しなくていいです。昨日一日たっぷり遊んだし、今日は早く帰ってゆっくり休んでください」

佳乃はいつもそうだ……俊紀は改めて思う。

俊紀の都合や好み、体の具合ばかり心配して自分の希望は後回し。きっとやりたいことも、我慢ばかりしてきたのだろう。

俊紀にとって、周囲が自分の都合に合わせることは当然だった。だが今は、とにかく佳乃の希望を叶えてやりたかった。我慢が限界を迎えて、もう無理だ、なんていきなり飛び出されるぐらいなら、最大限願いを叶えてやった方がいい。

もちろん、それが、俊紀から離れたいというものでない限り……

「充電完了だと言っただろう。お前が乗りたいなら、ビッグサンダーでもスプラッシュでも、なんでも乗ってやるぞ」

「けっこうです。悲鳴の一つもあげて青くなるならともかく、地下鉄に乗っているのと変わらない顔でいるに違いないんですから。どうしてもっていうなら、ドライブに連れてってください」

「ドライブ？」

「房総まで走りましょう。今日は天気がいいから、きっと海が綺麗ですよ。コンビニでお弁当でも買って」

「佳乃……」

「あ……気が向かなければいいです」

と佳乃は俯《うつむ》いた。俊紀とコンビニ弁当も、かなり似合わない。

俊紀は佳乃を抱き寄せる。

「お前はもう少し我《わ》が儘《まま》になれ」

「でも……」

「欲しいものとか、したいことは、ちゃんと私に教えてくれ。私はお前の喜ぶ顔が見たい。何が欲しいか想像する努力は惜しまないが、せめて傾向をつかめる程度の情報はくれ」

「いいんです、そんなこと……」

あなたに愛され、あなたのそばにいられるなら……と口に出す勇気はなかった。

けれど、その想いはちゃんと俊紀に伝わっていた。

「お前が私のそばにいることで、諦めたものは少なくない。それはわかっている。だが、私には、お前を自由にしてやることはできない。だから、せめて、私がお前に与えられるものは受け取ってくれ。お前が私のそばにいて幸せだと思わせてくれ」

俊紀の想いが痛いほどに佳乃の心を打つ。この人は私をそばに置くために、私を幸せにするために、どんなことでもするのだろう。

「私は幸せです。今も、これまでも、これからもきっと」

「その幸せに私は関与しているのか?」

もしかしたら、佳乃は俊紀がいなくとも十分幸せになれるのではないか……そんな考えが俊紀の頭に浮かぶ。それは、安全装置なしのフリーフォールよりも怖い考えだった。

「一人でいて幸せじゃない人間は、二人でいても幸せになれません。でも、一人よりも二人の方がずっとずっと幸せだって教えてくれたのはあなたです」

「佳乃……」

「ということで、お腹が空きました。今なら牛一頭でも食べられそうです。とりあえず、朝ご飯食べさせてもらえるとすごく幸せなんですけど？」

そう言って、佳乃は俊紀を見上げて、にっこり笑った。

「馬でも牛でも丸ごと食え」

それでお前が笑うなら……。俊紀は受話器を取り上げ、ルームサービスを呼び出した。

†

巨大なプールの観覧席で、佳乃は笑い続けていた。

何処《どこ》でも連れていってやる、と俊紀に言われた佳乃は、ためらいがちに水族館を選んだ。たくさんの魚や水生動物を見たあと、時間をあわせてシャチのショーを見ようと大きなプールにやってきたが、どうにもシャチがトレーナーの指示に従わない。呼んでも来ないし、もちろん指示どおりジャンプもしない。ただ、ゆうゆうと素知らぬ顔で泳ぎ回っているだけだ。そして時折、あらぬ方向を向いてジャンプをする。とうとう場内にアナウンスが流れた。

「本日のショーはコミュニケーション不良により中止いたします」

ここにいたって、またも佳乃は爆笑した。

「シャチだって、気の乗らないときはありますよね」

毎日毎日、人間の指示どおりに跳んだりはねたりである。ふて腐れる日があって当然だ。

「あのシャチはおそらく雌《メス》だぞ」

俊紀はそんなことを言う。意に染まぬ佳乃に当てつけるような言い方で……

「あの気ままな俺様ぶりは雄《オス》だと思いますけど」

佳乃は佳乃で言い返す。普通の恋人同士の、普通のじゃれ合いがとことん嬉しかった。

シャチのショーを諦め、代わりにアシカのショーを見た後、二人は出口へと向かった。

その途中、佳乃は福引きの前で立ち止まった。

ゲームセンターでよく見るような、透明ケース内で風圧によって巻きあがる三角籤《さんかくくじ》を腕だけ突っ込んでつかみ取るタイプのものだ。

賞品はシャチのぬいぐるみ。一等は一抱えもある巨大なシャチである。

「あの大きいのが欲しくて昔、何度も挑戦したけど、いつも小さいのしかあたらないんですよ。きっと一等なんて入ってないんでしょうね……」

福引きは一回千円。何度やっても佳乃は、一番小さいぬいぐるみしか当てられなかった。その大きさでも、買えば千円だったから損はしていない。それでも佳乃は、大きなぬいぐるみが欲しかった。ちなみに一等のシャチには一万円近い値札が付いていた。

「やってみようか？」

俊紀が財布から千円札を取り出し、係の女の子に渡した。

「現金持ってたんですね……」

俊紀はどこに行ってもカード払いである。彼の財布から現金、しかも千円札が出てくるなんて……

「だからお前は、私をなんだと思っているんだ。金ぐらい持っている」

と言いながら、俊紀は全く無造作に紙吹雪の中の一枚をキャッチし、係員に渡す。

俊紀に見惚《みほ》れていたエプロンの女の子は、はっと我に返り、赤くなりながらその三角《さんかく》籤《くじ》を開いた。

「おめでとうございま～す‼」

巨大な鐘ががらんがらんと鳴らされ、あっけにとられる二人に彼女は告げた。

「一等賞で～す‼」

そして、彼女はコーナーの一番高いところに飾ってあった、一メートルはあろうかという巨大なシャチのぬいぐるみを俊紀に渡した。俊紀はほら、とばかりに佳乃に渡す。鐘の音に注意を引かれて、たくさんの客が二人を見た。


「うわ……あれ当てた人、見たの初めてだよ」

「一等って、入ってないんだとばっかり思ってた」

「いいなー私にも当ててよ!」

「無理無理、普通当たんないって」


そんな会話をしているカップル。

佳乃は大きなぬいぐるみを抱えて思う。

私をなんだと思っている、って、そういう人間だと思ってます……

どんなシチュエーションでも、望みうる最高の結果を得る男。二万のぬいぐるみでも三万のぬいぐるみでも、欲しいと思えば難なく買える人間が、たった千円の投資でその結果を得る。世の中、金持ちはさらに金持ちになるようにできている。


「嬉しくないのか?」

「嬉しいですけど、あんまりにも簡単すぎです」

本当のところ、佳乃は、彼女の要望に応えてUFOキャッチャーで散財しまくる彼氏、という図が見たかったのである。

なかなか取れなくて焦ったり、腹を立てたり……そんな普通の図が。

けれど俊紀の場合、きっと一番難しいUFOキャッチャーの賞品でも、簡単に落としてしまうのだろう……。要するに、原島俊紀というのはそういう人間なのだ。いくら観客になろうとしても、いつの間にか主人公になっている。

もう、それでいい、と佳乃は思う。観客であろうが主人公であろうが、俊紀の隣には佳乃の場所があると、彼が言うのだから……

「そろそろ帰らないと……」

巨大なシャチを後部座席に横たわらせ、そのシュールさにひとしきり笑ったあと、佳乃は言った。時刻は既に午後三時を回っている。

いくら何でも、明日は仕事に出ないとならない。きっと、宮野たちも待っていることだろう。

「まだいい。今から帰ったところで、夕方のラッシュに捕まるだけだ。せっかく海に来たんだからどこかで美味い魚でも食って帰ろう」

俊紀はそんなことを言う。

「お酒も飲めないのに？」

佳乃のあまりにも的確な指摘に、俊紀は言葉に詰まった。

「確かに。自分の運転というのは自由気ままでいいが、いいことばかりじゃないな」

「そういうことです。美味しいお魚はお土産にして帰りましょう」

そしてふたりは、近くの漁協直営の土産物センターに車を停めた。

「お嬢さん、鰹《かつお》、活きがいいよ！　もう終わりかけだから安くするよ‼」

ずらりと並んだ海産物の山。足の速い魚を売り切りたい店員たちが、次々と声をかける。お嬢さんじゃない、こいつは奥さんだ！　と叫び返したくなる俊紀。

第一、こんな風でももう三十近いんだぞ、お嬢さんって年じゃない。

そんなことを思っていると、横から佳乃がじろりと睨《にら》んだ。

「今、すごく失礼なこと思ってませんでしたか？」

「いや……べつに……？」

珍しく口ごもる俊紀に、佳乃は自分の推測が当たっていることを知る。

「お嬢さんじゃなくて申し訳ありませんね！　でも、誰かさんがご無体なことをしなければ、私は今でも『お嬢さん』って呼ばれてもおかしくない身分だったんですよ！」

私をお嬢さんじゃなくした張本人がそんな風に笑うな、と言わんばかりの佳乃を、俊紀は柔らかい笑顔で見る。

「そうだ。お前はお嬢さんじゃない、私の奥さんだ。忘れるんじゃないぞ」

「絶対に忘れさせてくれないくせに！」

照れているんだか怒っているんだか、判別不能なふくれっ面の佳乃。

それがさらに可愛いと感じる自分に、俊紀はなんだか困惑してしまった。

時間がない、と自分で言ったくせに、佳乃の魚選びは念入りだった。

すべての店を廻《まわ》り、価格と鮮度を天秤にかけて熟考している。

「値段なんて気にするな、お前が一番いいと思う物を買えよ」

あまりに真剣に考え込んでいる佳乃に、しびれを切らして俊紀が声をかける。それでも佳乃は唸っている。

「だめですよ。高い物がいいのは当たり前なんです。限られた予算で、いかにいい物をゲットするかが買い物の醍醐味《だいごみ》です。このお店のは二本でこの値段か……確かに安いけど、丸ごと二本使い切れるかな……？」

「佳乃……」

「あ……そうだ。小さく切って生姜《しょうが》と煮付けてご飯に混ぜるっていいかも。最近読んだ時代物の小説に紹介されてたし……あの本、図書室に入れちゃったかな？」

「佳乃！　もういいから全部買ってしまえ‼」

かくして、佳乃の「買い物の醍醐味」はあっけなく打ち切りとなった。

「もうこれだからお大尽《だいじん》は……」

佳乃は相変わらずぶつぶつ言っていたが、俊紀は、自分よりも魚に関心を寄せる佳乃が我慢できなかったのだ。

そもそも佳乃が食材とかその調理に興味を示すのは当然だ。もともとは夜食係だったのだから……

そんな二人の最初の出会いをくれた佳乃の楽しみまで追い払いたくなる独占欲。

ああもう……重症だ……と自分ですら思うぐらいだった。

「お帰りなさいませ」

宮野は、相変わらず冷静そのものの態度で二人を迎えたが、トランクの中からこれでもかと言わんばかりに出てくる海産物にはさすがに驚いていた。

「これはまた……ずいぶん沢山ありますね」

「まだ山本が残っているなら、捌《さば》かせたいところだが……」

時刻は九時近い。いつもならとっくに山本は帰宅している時間である。

「もちろん残っております。佳乃様とご一緒に房総へ出かけるなら、絶対に手ぶらでは戻ってこないはずだと、包丁を研《と》いで待ちかまえております」

「よくわかっているな。女に魚をねだられたのは初めてだ」

「佳乃様らしいです。美味しい魚ならみんなでいただけますし……」

そう……魚なら、分けて食べればみんなが満足する。それを料理するのも佳乃には楽しい。

「山本さーん、鰹《かつお》買ってきましたよー」

佳乃は帰宅早々、そう叫びながら、厨房《ちゅうぼう》へ行ってしまった。

きっと今頃、どう捌《さば》くかで二人でもめているだろう。タタキだ、銀皮造《ぎんがわづく》りだ、生姜煮《しょうがに》だと賑やかな声が聞えてくる。

「ところでなんですか、その大きなものは？」

宮野が尋ねる。俊紀はまだ巨大なシャチのぬいぐるみを抱えていた。

「見たとおりぬいぐるみだ。佳乃が前から欲しかったらしい」

「それをどうするおつもりですか？　まさか抱いて寝るとでも？」

「やりかねん。今のうちにどこかに片付けておいてくれ」

ぬいぐるみのシャチに嫉妬してどうする……

だが、自分以外のものに抱きついて眠る佳乃など、許せるはずがなかった。

「佳乃様のお部屋にお持ちします。それならよろしいでしょう」

俊紀がいる限り、佳乃は自分の部屋では眠らない。

滅多にない佳乃が一人の夜、何かに抱きつきたくなるほど寂しがっているのなら、むしろかわいいではないか、それぐらいは許してやれ、と……

宮野は俊紀より遥《はる》かに大人である。

「好きにしろ」

俊紀はそう言って、ぬいぐるみを宮野に渡した。


「普通は生姜《しょうが》醤油だろう？」

「芥子《からし》の方が美味しいです」

「そんなの聞いたことないぞ」

「聞いたことなくてもかまいません。絶対美味しいですから食べてみてください」

「変だ！」

二人は鰹《かつお》の刺身を前に揉めている。

俊紀は生姜だと言い、佳乃は芥子だと譲らない。

山本と宮野は呆れている。どっちでもいいから早く食べろ……である。

佳乃の誘拐騒ぎで心配をかけたお詫びにと、今日の夕食は、宮野も山本も同席で大量の鰹《かつお》を平らげることになった。

半分はタタキにされ、半分は刺身に。そしてその刺身を前に主《あるじ》夫妻はカンカンガクなのだ。

いつまでたってもどちらも譲らない。これはもう、俊紀が面白がって鰹をネタに佳乃で遊んでいる状態だが、佳乃本人は全然気づかず必死の抗弁である。

とうとう俊紀が最後通牒《さいごつうちょう》をつきつけた。

「原島家では、先祖代々鰹には生姜《しょうが》ということになっている」

瞬間、宮野が痛みを堪《こら》えるような顔をした。俊紀様……それは自滅です。

「了解いたしました！　やっぱり私は原島家にはそぐいません。あくまでも鰹に生姜というのであれば、私は原島家の人間にはなれないようです」

それまで余裕の笑みでからかっていた俊紀が慌てて言う。

「いや、まて、わかった！　鰹を生姜で食おうが、芥子《からし》で食おうが、マヨネーズで食おうが、文句は言わない。ただし私に強要するな」

「私は、鰹と芥子の芸術性を理解できない人とは暮らせません。ですから……」

その言葉が終わる前に、俊紀は芥子付きの鰹の刺身を口につっこんでいた。

「美味しいでしょう？」

佳乃がしたり顔で言う。さきほど勧められて食べた宮野と山本も、鰹と芥子はよく合うと思う。

「……美味い」

たまりかねて山本が爆笑した。つられて宮野も笑い出す。まったく、佳乃には敵わない。この主をここまで翻弄《ほんろう》するとは……

俊紀は、佳乃を失うぐらいなら何でもするだろう。鰹を芥子で食べることなど何でもないはずだ。マヨネーズであろうと、ケチャップであろうと、そうしなければ佳乃が出ていくと脅すなら、きっと飲み下すに違いない。

もちろん、佳乃がそんなおぞましいことを強いるわけはなかったけれど……

これ以後、原島邸では、何を何で食べようが、議論に発展することはなかった。

†

「結局、なんで俊紀様はあんなに佳乃様のリゾットがお気に召したんだろうな」

食事を終えて、残ったあれこれを冷蔵庫にしまいながら、山本が宮野に訊《き》いた。

冷蔵庫の中には、今も、時折佳乃が使うケチャップや粉チーズが入れられている。

「いい加減な味だったから、かもしれません」

「なんだよそれ……」

「あんまりにも、正しいものに慣れすぎていたんですよ、俊紀様は」

有能であらゆる意味でそつがない、隙もない、そして人間味もない。

俊紀は、そんなアンドロイドじみた個性で、ずっと原島財閥を牛耳ってきた。あの巨大な企業を司っていくためには、そうせねばならなかったのだろう。

けれど、日常の全てにおいて、そうやって自分にも他人にも厳しくあることを強いた俊紀は、人間としてあまりにも不幸だった。

疲れ果てても、泣き言を漏らすことすら許されず、その負担は、周囲の期待と共に高まるばかり……。このままいったら、どこかで壊れてしまうのではないかと、宮野は心配していたのだ。

あの頃の俊紀は、あらゆるものに疲れ、無意識に逃げ口を求めていた。突破口が自分の暮らしの中にはないとわかっていたからこそ、口にしたこともないような、適当な味のリゾットに堕《お》ちた。

もっといい加減でいいんだ、肩の力を抜いたって構わないんだと、佳乃のリゾットは俊紀に教えたのだろう。全部を自分でやらなくていい、既製のものを上手く活かして戦っていくやり方だってあるのだ、と。

佳乃は、俊紀の力を最大に活かすことができる「既製品」だった。俊紀は、その既製品を自分の中に取り込んで五年かけてアレンジし、本来の彼らしく生きる術《すべ》を学んだ。

結果として今がある。自分の責任が大きすぎると感じたとき、少しは休みたいと思ったとき、安心してその身を委《ゆだ》ねられる存在。それを得ることで、俊紀は人間らしさを取り戻したのだ。

「なるほど、そうかもしれない」

山本は、そんな宮野の説明に大いに納得する。既製品といってしまうには、あまりにも佳乃という存在は個性的だけれど……

手に取ってみたケチャップの賞味期限が近づいていた。今では、佳乃が夜食を作ることも少なくなったので仕方がないことだが、新しいのを買っておかなければ、佳乃は平気で使ってしまうだろう。

「大丈夫ですよ、死にはしません。すぐには！」

なんて言いながら……

そんな佳乃の口調まで頭に浮かび、やれやれと頭を振りながら山本は冷蔵庫の扉を閉めた。

【書き下ろし番外編】

いい加減な雑煮

千載一遇のチャンス到来。

佳乃はそれまで読んでいた本をそっと閉じ、一階にある厨房《ちゅうぼう》に向かった。時刻は午前十時を過ぎたばかり、おそらく原島邸主任シェフの山本はまだ昼食の支度に取りかかっていないだろう。今ならきっと間に合うはずだ。

原島邸に住み込んでから二度目の正月を終え、一月も末近くなった日曜日。仕事は休みだし、平日、休日を問わず用事を言いつける主《あるじ》は朝から親戚の法事だとかで出かけた。原島財閥の長たる原島俊紀が、法事などというごく普通の親戚づきあいをしていることは驚きであったが、うるさい上司がいないというのはありがたかった。

休日でも主が在宅すれば、食事は一緒に摂る。原島邸に来たばかりのころは別々に食べていたのだが、私設秘書になってからはよほどのことがない限り同席。使用人頭の宮野はひとりで食べているのだし、誰かと一緒に食べるならむしろ使用人同士で、と思うが、主がよしとしない。やれ打ち合わせだの、連絡の確認だのあれこれ理由をつけては同席を強いる。最初のうちは抵抗を示していた佳乃も、いちいち反論するのが面倒になって諦めてしまった。

だが、今日は主はいない。多少の我《わ》儘《まま》は許されるはずだ。

「山本さん、今日のお昼ご飯、私の分、減らしてもらえますか？」

珍しい時刻に厨房に現れ、恐る恐る……といった様子で口を開いた佳乃に、山本は怪《け》訝《げん》な顔になった。

「減らす……って、量をか？　ダイエットでもするのか？」

そう言ったあと彼は上から下まで佳乃を検分し、必要とは思えないが、と呟く。

「今時の若い娘は必要ものないのに痩《や》せたがって、どうにも……」

渋い顔になって説教を始めかけた山本を、佳乃は慌てて止めた。

「違います！　ダイエットなんてしてません！　それに減らしてっていうのは私の分は作らないでほしいって意味です」

「なんだ、昼飯はいらないってことか。だが珍しいな。外出でもするのか？　俊紀様もお留守なのに……」

なのに……って、なんでそこで逆接なんだ。主《あるじ》が留守の日曜日に使用人が出かけてどこが悪い。この家は主に限らず、使用人までひっくるめて感覚がおかしい。私設秘書は四六時中、主にくっついてなくちゃならない、単独行動禁止、とでも言いたいんだろうか。やってられるか！　と、喉まで出かかった台詞《セリフ》をなんとか抑え込み、佳乃は事情を説明する。

幸い、昼食がいらないと言ったのは外出が理由ではなかった。

「実はちょっと食べたいものがあって……。自分で作ろうかなって」

「なんだ、そういうことか。それなら遠慮せずに言えばいいだろう。どうせ俊紀様はいらっしゃらないんだし、何でも作ってやるぞ」

「あ、いえ……いいんです。そんなに手間のかかるものじゃないですから。宮野さんのお昼がすんだらちょっと厨房《ちゅうぼう》をお借りしますね」

「そうか？　なんか職務怠慢《しょくむたいまん》みたいで気になるが、お前がそう言うなら……」

そして山本は、夕食に使う予定の食材のリストを示し、これ以外のものなら使っていいぞ、と言ってくれた。佳乃は満面の笑みで礼を言うと、厨房をあとにした。

昼下がり、時刻は既に一時を大きく回っている。

佳乃がもうそろそろ大丈夫だろう、と思って行ってみると、やはり厨房に山本の姿はない。彼は昼食の後片付けをすませたあと休憩に入ったようだ。おそらく夕食の支度を始める夕刻まで戻ってこないだろう。

佳乃は漫画であれば、しめしめ……なんて吹き出しをつけられそうな笑みを浮かべてエプロンを手に取る。本来はエプロンなんてする必要もないぐらいのメニューなのだが、原島邸の夜食係に着任したとき以来、厨房で作業するときは必ず着けていたのでエプロンをしていないとどこか落ち着かないのだ。

「さて、では始めますか！」

エプロンの紐をきゅっと締め、佳乃は宣言する。お正月からこっち、ずっと食べたいと思っていて、頭の中をぐるぐる回っていたメニューにとうとうありつけるとあって、鼻歌でも歌いたい気分だった。

乾物などが入れてある保管庫の扉を開く。そこに目当ての物があることはわかっている。

またしても満面の笑みになった佳乃が取り出したのは、個別包装になった角餅だった。

正月三が日は言うまでもなく、その後もしばらくは登場していたが、節分も近づいた今となってはもう主《あるじ》の食卓に上ることはない。

主は特別餅が好きという感じではないし、あとは使用人の賄《まかな》いにでもするしかないということで、ここに入れられている。とはいっても、宮野も山本も餅に執着はないし、掃除などのために通いでやってくる女性使用人たちは『餅』と聞いただけでため息をつく。

「美味しいんですけどねえ……」

「カロリーを考えたらやっぱり……」

なんて会話が交わされて、哀れな餅はいつまでもそこに……というのが毎年のことらしかった。

「こんなに美味しいのに、なんてかわいそう！　私がちゃーんと食べてあげるからね！」

佳乃は小さな餅の袋をよしよしと撫でさすったあと、ビニルパックを開けてオーブントースターに入れた。

「ふふふ……では、じっくりと焼かれてくれたまえ！」

オーブントースターの前にでんと陣取り、白くて四角い餅を見守る。とはいっても入れたばかりなので何の変化もない。電熱線の赤い光にじりじりと照らされても、平然としている。

しばらくすると、熱に耐えかねたようにわずかに表面が持ち上がってきた。

「キター！　ここからが大事なんだよね！」

ふくらんだ餅が少しずつ焦げていく。同時に香ばしい匂いがあたり一面に漂い始める。黄金色がしっかり濃くなったのを確認したら、墨色になる前にオーブントースターから出す。そのタイミングを見極めるためには、ここから離れるわけにはいかない。そもそも今日佳乃が作ろうとしているメニューは、餅の焼け具合だけが肝心で他に気にすることなどひとつもない。そんなわけで、佳乃は心置きなくオーブントースターを見張っていたのだ。

佳乃は絶妙に焼き上がった餅をお椀に入れた。

「焼けたー！　さーて、食べるぞ！」

そう言いながらジーンズの後ろポケットから取り出したのは、長方形のパッケージ。日本人の心の友、『お茶漬けの素』だった。白飯に振りかけて熱湯を注ぐだけで、お茶漬けができるすぐれものである。

佳乃はそれをお椀に入れた餅の上にさらさらと振りかけ、ポットのお湯をじゃーっと注ぐ。あっという間にお茶漬け雑煮の出来上がりである。

「雑煮なのかお茶漬けなのか、それが問題だ……」

佳乃は椀の中を箸で軽くかき混ぜながら、食器棚のガラスに向かって眉間に皺《しわ》を寄せてみる。主《あるじ》みたいになるかと思ったが、口元が思いっきりほころんでいるせいで、とてもじゃないが難しい顔には見えない。この中途半端な表情はお茶漬け雑煮といっしょだな、なんて苦笑した。

「では、いっただき……」

「美味そうな匂いだな」

そこに入ってきたのは、まさかの主。

佳乃は、法事はそんなに早く終わる予定だっただろうか？　と首を傾げかけて、そんな場合ではなかったことを思い出す。

何でこのタイミングで入ってくるんだーーーーー!!

この神出鬼没《しんしゅつきぼつ》の主に報いあれ！　ここ一番ってところでじゃんけんに負ける呪いにでもかかれ！

思わずそう叫びたくなった。このお茶漬け雑煮は作ってすぐ食べなければならない。そうでなければ、餅の焦げ目のかりっとした食感が失われてしまう。お湯に馴染んで柔らかくなったほうが好きな人もいるだろうけれど、佳乃はお湯をかけるかかけないかのタイミングで食べるのが好きなのだ。今ここで主と問答なんかしていたら台無しだ。背に腹は替えられない。どうせ好きで勤めたわけじゃない。無礼が理由で首になるなら、とっくにお払い箱にされているだろう。

「すみません！　今、食事中です！」

そう叫ぶが早いか、佳乃はあっけにとられる主を尻目に、はぐはぐとお茶漬け雑煮を食べ始めた。恋い焦がれた味、しかも千載一遇のチャンス。ゆっくり味わいたいと思っていたのに、箸が急いで止まらず、瞬《また》く間に食べ終わってしまった。

ふう……と、大満足のため息とともに箸を置いた佳乃は、呆れたような視線を向けてくる主に頭を下げながら言った。

「失礼いたしました」

「随分、美味そうに食ってたな。なんなんだ、それ？」

「えーっと……社長が気にされるようなものでは……」

焼いた餅にお茶漬けの素をかけただけなのだ。お茶漬けとも雑煮ともつかない中途半端な代物。いくら彼が佳乃のいい加減な夜食に慣れているとはいえ、これはひどすぎる。

「目の前であんなに美味そうに食われたら気になるに決まってるじゃないか。見たところ、雑煮みたいだったが、何で海苔が……？」

主《あるじ》はお椀に残った海苔の破片を訝《いぶか》しそうに見ている。日頃の彼の言動から考えて、このままスルーしてくれるはずがなかった。佳乃は諦めて、お椀の中身について説明した。

「お茶漬けの素？　うちにそんなものがあったのか？」

主の口から出たのは、そこかい、と突っ込みたくなるような質問だった。

そういえば、原島邸でお茶漬けと言えば山本シェフ特製の出汁茶漬け。佳乃も夜食にお茶漬けを出したことがあったが、それも作り置きの出汁を使ったものだった。お茶漬けの素なんて見たことがなくても不思議じゃない。現にこのお茶漬けの素は厨房《ちゅうぼう》にあったのではなく、佳乃が買ってきたものだ。

「買ってきた？　いつの間に？　お前、ひとりで買い物に行ったのか？」

何でそんなに不快そうな顔になるんだ……。いい大人なんだから、買い物ぐらいするに決まってる！　と反論したいところだったが、実のところ、そんなに大層なことではなかった。

「会社の近所のコンビニです。どうしても食べたくて……」

佳乃は子どもの頃からこのお茶漬け雑煮が大好きだった。普通に食べるお茶漬けなら出汁茶漬けでも、ご飯にお茶をかけただけでも十分だ。でも、このお茶漬け雑煮だけはお茶漬けの素なしには成り立たない。原島邸に住み込む前は、お正月が来るたびにこうやってお餅を食べていた。

佳乃の家では、お雑煮や磯辺巻き、安倍川、おろし餅……そういった一般的な食べ方に交じって、お茶漬け雑煮も愛好されていたのだ。

原島邸に来て一年目の正月は何とか我慢した。でも二年目は無理だった。お茶漬け雑煮食べたさにいても立ってもいられず、昼休みにコンビニに走ってお茶漬けの素を入手。虎視眈々《こしたんたん》と機会を狙っていたというわけである。

「コンビニって本当に何でも売ってるんだな」

再度、そこかい！　な感想を漏らしつつも、主は空になった椀と出しっ放しの餅とお茶漬けの素の空き袋じろじろ見ている。もしや……と思っていると、案の定、例の台詞《セリフ》が出た。

「私にも食わせろ。餅もお茶漬けの素もまだあるんだろ？」

「だからー！　社長が召し上がるようなものじゃ……」

「散々怪しげなもの食わせておいて、今さらすぎるだろう」

「う……」

そもそも事の発端は、賞味期限切れのケチャップで作ったなんちゃってリゾットだ。それ以後の夜食にしても、真っ当とは言いがたいものが随分紛れていた。主《あるじ》の言い分はもっともだった。

「もったいぶらずに食わせろ。どうせお前が作るものなら、すぐにできるんだろう？」

「お餅を焼くだけです……」

主は、それは手っ取り早いな、と嬉しそうに笑った。普段と違う、あまりにもあどけない笑顔を向けられて、佳乃はきょとんとしまう。

こんな風にも笑えるんだ……って、いったどこの少女漫画だよ！

自分で自分に突っ込みながら、佳乃は新たに取り出した餅をオーブントースターに入れる。

さっきはわくわくと見守った餅の変化にも、隣にいる主が気になって集中できない。

小さくため息をつきながら、お茶漬けの素の小袋をいじり回している佳乃を見て主が言う。

「悪いな。せっかく買ってきたのに。今度、山本にまとめて買っておくように言っておく」

お茶漬けの素を惜しんでいるように見られたのか、と情けなくなったが、主の笑顔がいつもと違って気になったなんて言えるはずがない。それならいっそ誤解させておくほうがいい。そう思った佳乃は、ちょっと申し訳なさそうに言った。

「でも、私しか食べないものでしょうし……」

「かまわない。ほかにも欲しいものがあったら山本に言うといい。お前みたいな食いしん坊が食べたいものを我慢するなんて、苦行以外のなにものでもないだろう」

「誰が食いしん坊ですか！」

とっさに反論して思いっきりふくれて見せたものの、佳乃は主の気遣いに驚かされる。

そういえばこの人、俺様中の俺様だけど、ここの待遇って全然悪くないよね。悪くないというよりも極上？　お給料も福利厚生もピカイチみたい。そりゃあみんな辞めないわ……

厨房《ちゅうぼう》に、香ばしい匂いが広がっていく。主は興味深げにオーブントースターの中の餅を観察し、おお！　ふくらんだ！　と声を上げる。お餅を焼くのも見たことないんですか？　なんて呆れた口調になる佳乃に、悪かったな！　と返す主《あるじ》。

佳乃は、主がこんなに気さくなやり取りを交わすのも、信じられないほどの厚遇も、自分に限ってのことだということにまったく気付いていなかった。

営業部長兼専務の超イケメン・瀬田に執着された相《そう》馬《ま》茅《かや》乃《の》。けれど、自分は「箱入り特売チョコレート」のようなもの。彼には、「高級ブランドチョコ」のほうが似合うにきまっている……。そう思った茅乃は、あらゆる手段を使って彼のもとから逃げ出した！逃げる茅乃に追う瀬田。二人の攻防の行く末は？ネットで爆発的人気の恋愛逃亡劇、待望の文庫化!!

◉文庫判 ◉各定価：737円（10%税込） ◉illustration：夏珂

本書は、2012年10月当社より単行本として刊行されたものに、書き下ろしを加えて文庫化したものです。


この作品に対する皆様のご意見・ご感想をお待ちしております。

おハガキ・お手紙は以下の宛先にお送りください。

【宛先】

〒150-6008 東京都渋谷区恵比寿4-20-3 恵比寿ｶﾞｰﾃﾞﾝﾌﾟﾚｲｽﾀﾜｰ8F
（株）アルファポリス　書籍感想係

メールフォームでのご意見・ご感想は右のＱＲコードから、
あるいは以下のワードで検索をかけてください。

アルファポリス　書籍の感想　検索

ご感想はこちらから

ALPHAPOLIS
WEB CITY SINCE 2000

アルファポリス文庫

いい加減《かげん》な夜食《やしょく》1

秋川滝美（あきかわたきみ）

2015年　2月 28日初版発行
2023年　3月 15日11刷発行

編集－塙 綾子
発行者－梶本雄介
発行所－株式会社アルファポリス
〒150-6008 東京都渋谷区恵比寿4-20-3 恵比寿ｶﾞｰﾃﾞﾝﾌﾟﾚｲｽﾀﾜｰ8F
TEL 03-6277-1601（営業）　03-6277-1602（編集）
URL https://www.alphapolis.co.jp/
発売元－株式会社星雲社（共同出版社・流通責任出版社）
〒112-0005 東京都文京区水道1-3-30
TEL 03-3868-3275
装丁イラスト－夏珂
装丁デザイン－ansyyqdesign
印刷－株式会社暁印刷

価格はカバーに表示されてあります。

落丁乱丁の場合はアルファポリスまでご連絡ください。

送料は小社負担でお取り替えします。


ISBN978-4-434-20349-7 C0193